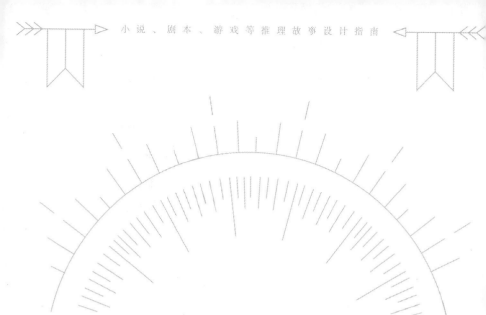

江户川乱步的推理写作课

[日] 江户川乱步　著

王耀振　　译

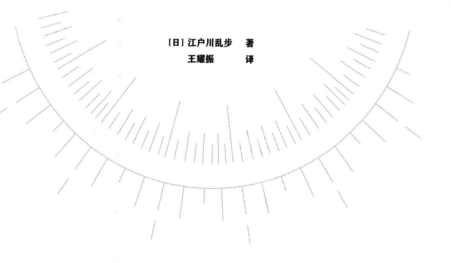

天津出版传媒集团

天津人民出版社

图书在版编目(CIP)数据

江户川乱步的推理写作课 / (日) 江户川乱步著；
王耀振译. -- 天津：天津人民出版社, 2022.5 (2024.8 重印)
ISBN 978-7-201-18187-5

Ⅰ.①江… Ⅱ.①江… ②王… Ⅲ.①推理小说—小
说创作—创作方法 Ⅳ.①I054

中国版本图书馆 CIP 数据核字 (2022) 第 010447 号

江户川乱步的推理写作课
JIANGHUCHUANLUANBU DE TUILI XIEZUO KE

出　　版	天津人民出版社	
出 版 人	刘锦泉	
地　　址	天津市和平区西康路 35 号康岳大厦	
邮政编码	300051	
邮购电话	(022)23332469	
电子信箱	reader@tjrmcbs.com	

策划编辑　赵子源
责任编辑　霍小青
装帧设计　姚立扬　汤　磊
版式设计　孙嘉艺

印　　刷　天津新华印务有限公司
经　　销　新华书店
开　　本　1230 毫米×880 毫米　1/32
印　　张　7.75
字　　数　140 千字
版次印次　2022 年 5 月第 1 版　2024 年 8 月第 2 次印刷
定　　价　49.80 元

序言：本书的成书过程

在社会思想研究会出版部的盛情邀请之下，我从自己写的随笔中搜集了一些关于推理小说情节设定方面的内容，并做了粗略的整理。说到推理小说的情节设定，我在另外一篇题为《推理类别集成》（收录于早川书房版的《续幻影城》）的文章中做过一些粗浅的探讨，但由于是针对推理小说书友的专门之作，且只是停留于情节设定条目的书写层面，因此作为一般读物并不适合。故本书仅将其目录列于书末作为参考，并未使用其内容。本书的文字主要来自于与《推理类别集成》部分内容相近但写法更加浅显易懂的几篇随笔，再加上《魔术与推理小说》《惊悚之说》等几篇文章，以及我新写的"密室推理"共计35页文字，以衔接首尾汇成此书。

《推理类别集成》一文对九大项八百余种推理情节设定进行了解说，其各项与本书随笔的关系如下，仅供读者参考。此外，《推理类别集成》中涉及的具体项目类别请参考本书书末所列目录。

第一，与犯人本身相关的推理设定。

"一人两角色"及"其他出人意料的罪犯"是该项最为常见的推

理情节设定。本书涉及的"出人意料的罪犯"与(一部分)"异样的犯罪动机"即是对这两种情节设定中的有趣之处的随笔化书写。

第二,与犯罪现场及犯罪痕迹相关的推理设定。

具体分为:密室推理、足迹推理、指纹推理三种。本书中的"密室推理"即是对密室相关的推理设定做了更进一步的详细描述,"明治时代的指纹题材小说"则与指纹推理相关。

第三,与犯罪时间相关的推理设定。

由于我尚未对该项推理情节设定做过详细的书写,因此并未列入本书。

第四,与凶器即毒药相关的情节设定。

本书中的"凶器之冰"及"异样的凶器"即是对该项涉及的凶器的详细描述。而毒药这一凶器则尚未出现在我的随笔中。

第五,与藏匿人与物相关的情节设定。

本书中的"藏匿推理"便是从该项中选取了一些有趣之例进行了详细叙述。

第六,其他各种推理设定。

该项所列共22种推理情节不属于前述五项中的任何一项。本书中的(一部分)"异样的犯罪动机"及"盖然性犯罪"便是对其中两三种推理设定的详述。

第七,密码的分类。

由于该项原文十分通俗易懂,因此我对其未作任何改动,直接列入了本书中。

第八,怪异的动机。

该项与上一项情况大体相同,但在本书中做了少部分省略。

第九,罪行暴露的线索。

该项内容本来就十分简短,且无其他可补充之处,因此本书对此予以了割舍。

江户川乱步

1956年5月

目 录

第一章

离奇的情节

推理小说的开山鼻祖埃德加·爱伦·坡在《莫格街凶杀案》中开创了人之外的凶手杀人的先例，并获得了巨大成功。作品中的侦探起初认定凶手是某一个人，但最后却意外发现真凶——是一只黑猩猩。

以前的推理小说作家,特别是英美盎格鲁-撒克逊作家,对离奇的推理情节设定十分青睐。

昭和二十八年(1953年),我搜集了自古英美推理小说中经常出现的八百余种推理情节设定,并将之形成了一篇文章,题为《推理类别集成》。这篇文章主要是针对专业人士而作,以分门别类的形式将八百余种推理情节设定压缩于一百五十页左右的篇幅中不免有些局促。为了更好地对这些推理情节设定做出更为详细的解释,我挑选出其中的一部分以随笔的形式刊登在了杂志上,如"凶器之冰""无颜死尸""藏匿推理""盖然性犯罪"等便是其中几例。

为避免重复,我从《推理类别集成》一文中挑选出了与上述几例不同的推理情节设定,在此作进一步详述。我选出的推理情节设定之例均源自距今比较久远的作品,虽然推理小说迷们对它们可能并不陌生,但事实上越是老作品越是充满有趣之处。我想这些有趣之处至少可以引发一般读者们的兴趣吧。

非人凶手

提到杀人事件,人们首先想到的便是人杀人。而推理小说的开山鼻祖埃德加·爱伦·坡(Edgar Allan Poe)却在《莫格街凶杀案》(*The Murders in the Rue Morgue*)中开创了人之外的凶手杀人的先例,并获得了巨大成功。作品中的侦探起初认定凶手是某一个人,但最后却意外发现真凶是一只黑猩猩。受到这部小说的启发,此后的推理小说作家们把鸟、昆虫等可以想到的所有动物设定为杀人凶手进行创作,目的只有一个,即营造出人意料的效果。此外,也有一些作家反其道而行之,先营造出凶手是动物的氛围,而实际却是人类自身。以下仅举一例予以说明。

这个故事发生在一个马戏团。马戏团的表演节目之一为驯狮人将自己的头放进狮子嘴中并最终安然无恙。不得不说,在外人看来,这是一个九死一生的表演,也着实让观众为驯狮人捏了一把汗。然而,意外终究还是发生了。有一日,当驯狮人将头放入狮子口中后,狮子一反常态一口便咬碎了驯狮人的头颅。

在平时的表演中皆能做出完美配合的狮子缘何一反常态地兽性大发?这个疑问引导侦探展开了调查。随着调查的进行,有人指证那头狮子在此前不久曾耸动鼻子做过类似人类笑脸的动作。狮子的这一"笑脸"令事件变得愈发蹊跷。

不过,最终受到审判的不是狮子而是人。虽然这个故事的过程让人颇感扑朔迷离,但当谜底揭晓之际却又不禁令人对故事背后的玄机之简单大跌眼镜。原来,马戏团中的另一个人对驯狮人心怀怨恨,他为了杀害驯狮人,便想到了"借狮杀人"的妙计。那人在驯狮表演之前偷偷在驯狮人头上喷上了喷嚏药水,当驯狮人把头放入狮子口中时,狮子便会在药水的刺激下张开血盆大口大大地打个喷嚏,从而一口咬碎驯狮人的头颅。为了保证万无一失,凶手在事前曾对着狮子的嘴巴喷洒过喷嚏药水以做实验。结果不出其所料,狮子耸动鼻子大大地打了个喷嚏,那耸动鼻子的模样恰似人的笑脸。这虽然是三十多年前英国的一部短篇小说讲述的故事,但若将其情节运用到江户时代的"捕物帐"①中应该也足够有趣。

此外,木偶开枪杀人是另外一种较为罕见的非人凶手杀人的推理情节设定。这个故事说的是置于房间中的与真人大小相同的木偶于夜半时分开枪杀死了熟睡中的男子。故事中的房间反锁着,毫无外人进出的痕迹,而木偶右手握着的手枪确有刚刚发射过的痕迹。从现象上看,似乎凶手是木偶无疑了。

然而,真正的凶手仍然是人。原来,有人在木偶的正上方放置了一个花瓶,花瓶内设机关,可使水滴有规律地滴到木偶的右手上。如此,几个小时后,木偶的右手便在水的作用下膨胀,进而扣动扳机,开枪杀死了男子。

更加离奇的是,太阳也能杀人。当然,这里所说的绝非日射病,也不是法国作家阿尔贝·加缪的作品《局外人》中因为太阳而引发命案般的心理问题,而是纯物理因素造成的意外死亡事件。

---

① "捕物帐"是日本侦探小说的一种类型。

这个故事讲的是一把放置于房间内桌子上的猎枪突然射出一颗子弹致人死亡。从房间内外的情况来看，并没有任何他人进出的痕迹。猎枪自然不可能自动射出子弹，事件背后一定隐藏着什么。

真相最终被一名著名侦探找到。原来玻璃窗射进来的日光恰好照射在桌子上的一个玻璃瓶上，圆柱状的玻璃瓶刚好起到了凸透镜的作用，强烈日光的焦点又恰巧照射到了老式猎枪的点火孔上，最终猎枪"自动"点火射出一枚子弹致人丧命。这一手法不仅被美国早期推理小说作家梅尔维尔·戴维森·波斯特(Melville Davisson Post)及法国作家莫里斯·勒布朗(Maurice leblanc)所采用，甚至我在学生时代也曾借用这一手法写过一篇粗陋的短篇小说。就时间的前后而言，波斯特与我大致是相同的，而勒布朗还要稍晚一些。

两个房间

男子A受男子B之邀夜半前往位于某一楼宇一层的B的办公室饮酒聊天。饮酒期间，B趁A毫无防备之机，突然将A的嘴巴塞住，并将其牢牢地捆绑在了一条长椅上。随后，B将一个发出"咔嗒咔嗒"钟表声的黑色箱子放到了长椅下方。B告知A这是一枚定时炸弹，将在某时某分爆炸，随后便扬长而去。A在极度恐慌之下挣扎着想挣脱绳索，但很快便失去了意识。原来，B在A的酒中放入了催眠药。

不知过了多久，A突然睁开了眼睛，环顾四周发现自己仍然被捆绑在那个房间中，传入耳中的依然是那令人无比恐惧的定时炸弹的计时声。A侧头望了望墙上的表，发现距离爆炸时间仅剩两分钟了。在求生欲望的驱使下，A再次拼命挣扎，奇怪的是，这次竟然轻松地挣脱了绳索。此时距离爆炸仅剩三十秒了，A手忙脚乱地扔掉绳索，冲出房门来到了走廊里。在A来时的记忆中，房门外走廊对面是另一道门，走出去是三个石头台阶，下了台阶便是楼外的路了。然而，就在拉开那道门冲出去的一瞬间，A却一脚踩空，伴随着一声惊叫掉入了一处深洞中。原来，此时A所处的楼层不再是一楼而是九楼，A冲出房门后打开的那道门也不再是通往楼外的门，而是电梯门。毫无悬念，A当场丧命于电梯井中。

事情的真相是，男子B在九楼布置了一个与一楼完全相同的房间。B在A昏迷过去后，将其转移到了九楼，并再次将其"捆绑"到了相同的长椅上，然后打开了房门对面电梯外侧的门锁。这一推理设定的创意之处在于两个房间从地毯、壁纸到椅子、桌子、壁画、挂表等均完全相同。

最终，A被认定为失足落入电梯井内导致的意外死亡。由于事发楼宇的一楼和九楼存在两个完全相同的房间这一事实与A的坠亡并无直接关系，即使去认定其中的关联性也是极为困难的，因此凶手未受到任何怀疑。这是三十多年前某一作品讲述的故事，其情节之有趣至今令我记忆犹新。

上述"两个房间"的情节设定又为后世美国著名推理小说作家约翰·狄克森·卡尔（John Dickson carr）及埃勒里·奎因（Ellery Queen）以另外的形式所采用。特别是奎因将"两个房间"的构思扩大至"两座建筑"。在他的作品中，一座石头建造的三层建筑一夜之间便消失得无影无踪，其构思之精妙不禁令人拍案叫绝。

列车消失

以下是英国某一著名推理小说作家设定的离奇推理情节。夜晚，一列长长的货运列车从 X 车站出发前往 Y 车站。列车中途并未停车，但当到达 Y 车站时，列车中间部位的一节载有昂贵艺术品的车厢却不翼而飞了。很显然，这节车厢是被人偷盗而去了。按照常理，中途未曾停车，且位于列车中间部位的车厢遭到偷盗首先在物理上是不可能的。然而，不可能的事情竟然发生了。如此不可思议且令人极度恐惧的惊悚情节令读者们深陷其中，难以自拔。

作者究竟是如何化不可能为可能的呢？若你读了作品便可发现，作者在情节设定上是颇费了一番脑筋的。

原来，在 X 车站与 Y 车站的中途有一条隐藏于山林中的废弃铁路支线。犯罪团伙设法将载有昂贵艺术品的那节车厢导入支线，又设法保证后边的车厢不被丢弃,从而照常抵达 Y 车站。作者能够想到如此天衣无缝的情节设定实在是令人赞叹不已。

这一犯罪团伙共有三人。其中 A 潜伏于那节车厢中,B 在支线接口处等待,C 负责跳上导入支线的那节车厢并迅速踩住刹车。

在列车出发前,A 将一条两端设有锁扣的又粗又长的绳索藏于中间的那节车厢中。待列车从 X 车站出发后,A 便迅速将绳索的两端分别牢牢地锁定在中间车厢的前后两节车厢的连接器上,并将绳索置于中间那节车厢的外侧。

等到列车接近支线时,A 摘除中间车厢前后的连接器,仅靠绳索连接列车的前后两部分。在支线接口处等待的 B 在列车的前半部分刚通过接口处后迅速变更轨道,使那节车厢驶入支线。列车的后半部分逼近支线接口处时,B 再迅速恢复轨道至原状。如此,他们便达到了既能截获想要得到的那节车厢,又能保证列车的后半部分在绳索的牵引下沿着原线路行驶。而早已蓄势待发的 C 则在车厢被导入支线后迅速跳上去,并死死地踩住刹车,其力度恰好使车厢在驶入森林深处时停下来。如此,他便可以毫无顾虑地卸下艺术品了。

身处列车之上的 A 在中间那节车厢脱离列车的一瞬间便纵身跳到前面车厢尾部的梯子上。等到临近 Y 车站时,随着列车速度放缓,被绳索牵引的列车后半部分在惯性的作用下逐渐追上前半部分。A 则瞅准时机将二者用车厢连接器对接在一起,同时取下绳索掷于地面。随后，A跳下列车，拖拽着绳索逃之夭夭。偌大的一节车厢就是这样神不知鬼不觉地消失于X与Y车站中途的。

说到列车消失，阿瑟·柯南·道尔（Arthur Conan Doyle）的构思还要在上述情节设定之上。在其作品中，一辆特快包车如幽灵般消失于AB两个车站之间。故事中B车站的工作人员接到了A车站打来的电话，说是一辆列车（即将消失的列车）刚刚通过A车站，请B车站做好相应准备。然而，B车站的工作人员却怎么也等不到列车的到来，等到的却是其后的另一辆列车。工作人员原以为那辆列车在中途出了什么故障，但从另一辆列车司机口中得知中途并未遇到任何障碍。一列火车就这样像长了翅膀一样消失得无影无踪。

这个故事中的犯罪团伙人数更多，他们作案的目的是在神不知鬼不觉中杀死包下该列车的某知名人士。在这个推理设定中的AB两个车站之间虽然没有现成的支线，但以前曾有过一条通往矿山的支线，只不过随着矿山的荒废，支线不仅失去了存在的价值，也有引发错轨的危险，因此临近主干线的支线铁轨被拆除了。也正由于此，侦探在案发后丝毫没有考虑支线的因素。而犯罪团伙恰恰反其道而为之，趁着夜色运来数根铁轨迅速修复了支线。与此同时，其他几名同谋混进列车，用枪胁迫司机将列车驶入支线，并以全速行驶。几名同谋伺机跳下列车，任由列车载着那位知名人士及其随从飞驰般驶入矿山，一头栽进了铁路支线尽头一处又大又深的矿井井底。矿山周边荒无人烟,且支线位于深谷之中,整个作案过程真可谓神不知鬼不觉。

死亡伪装

以下是几个以死亡相欺诈的离奇的推理情节设定。其一为利用职业之便将他杀伪装成自杀的推理情节设定。以下是英国某一非著名作家的一部短篇小说中的情节。

一具死尸横卧于某公寓的一个房间内,死者口腔被子弹贯穿,尸体旁是一把手枪,手枪有发射过子弹的痕迹,枪身表面遍布死者的指纹。这世上不存在被死亡威胁而丝毫不反抗之人,且所有表象均指向自杀,因此该事件最终以自杀而了结。

然而,这一事件并非自杀而是他杀。能够将他杀如此完美地伪装为自杀的职业只有一个,那就是牙科医生。虽然耳鼻喉科的医生也有机可乘,但显然牙科医生利用职业之便更容易完成这一伪装。一般而言,牙科病人在接受治疗之际均大张嘴巴、紧闭双目。而牙科医生则可趁此绝佳机会,乘人不备地冲着病人口腔开枪杀人。此后,凶手再将死者尸体转移至另外一处公寓内,再将死者指纹附着在枪身上后将手枪掷于一旁,如此便完成了整个伪装。

其二为故意将自己伪装成离开人世的推理情节设定。以下是美国推理小说作家约翰·狄克森·卡尔的一篇短篇小说中的情节。

在暴风雨肆虐的某日，男子 A 的一位朋友在海边"偶然"发现 A 横卧在一处岩石上。这位朋友慌忙赶到 A 身边，只见其脸色苍白瘫软在岩石之上，疾呼其名字也不见答应。情急之下，这位朋友摸了摸 A 的右手脉搏，发现其早已停止了心跳。朋友急忙离开现场向警察和医生作了通报。而男子 A 在确定他的朋友离开了之后便缓缓站起来离开了现场。当警察和医生赶到现场时，也只能做出尸体被海浪冲走的结论。如此，A 便成功使自己从这个世界上销声匿迹了。那么，男子 A 是如何使其脉搏停止跳动的呢？原来，A 事先在手臂根部放置了一个圆环，这个圆环死死地压住脉搏使其停止了跳动。

其三为把故意使人溺水死亡伪装成意外死亡的推理情节设定。凶犯将人诱骗至住处后，趁人不备将其脑袋死死地按入水池，而水池中是凶犯事先准备好的河水。而后，凶手抛尸河中便了事了。如此，死者的死亡表征与在河中溺水死亡是完全相同的，且从解剖结果上也看不出任何区别。这一手法广为人知，也在爱尔兰著名推理小说作家 F. W. 克劳夫兹（Freeman Wills Crofts）的长篇小说中出现过。这一推理设定的离奇之处在于一个小小的水池便可达到意外溺水死亡的效果。但不得不说，这终究只是小说中出现的情节，现实中除了手无缚鸡之力的病人，哪里会有人丝毫不反抗而乖乖地任人摆布呢？

其四为利用植物纤维的超常收缩作用致人窒息死亡的推理情节

设定。故事发生在行进于热带某一河道中的汽轮上。汽轮上的一名
医生以给病人治疗咽部疾病为由，将一块由植物纤维制成的布缠绕
于病人的颈部。这时，突然下起了热带地区常见的暴雨，习惯于沐浴
热带暴雨的人们纷纷走上甲板欢呼雀跃。医生与病人也来到甲板，
病人颈部缠绕着的那块布在遇到水之后急速收缩，最终导致病人窒
息而死。这是我在一篇有关犯罪的随笔中读到过的一个故事，只是
至今尚未弄清楚作案所用的那块布的原料来自什么植物。

（《通夜读物》1954年10月号）

第二章

出人意料的罪犯

我读了大量英美国家的推理小说，并在阅读的过程中记录下了那些在作品中出现的各类推理设定，共计八百余种，后以《推理类别集成》为题名刊载于杂志上。其中涉及的推理设定可粗略分为以下几类：身份上不可能发生的犯罪（即出人意料的罪犯），物理上不可能发生的犯罪（包括密室犯罪，以及与足迹、指纹相关的推理设定），时间上不可能发生的犯罪，出人意料的凶器及毒药，出人意料的人与物的藏匿方式。

推理小说这一文学形式自出现至今虽然只有110多年的历史，但世界各国的推理小说作家在此短短的百余年内竞相推出推理创意，可以说凡是人类能够想到的推理设定已几乎出现殆尽，全新的推理设定空间已所剩无几。

我在战后读了大量英美国家的推理小说，并在阅读的过程中记录下了那些在作品中出现的各类推理设定，共计八百余种，后于1953年秋以《推理类别集成》为题名刊载于杂志《宝石》之上。其中涉及的推理设定可粗略分为以下几类：身份上不可能发生的犯罪（即出人意料的罪犯），物理上不可能发生的犯罪（包括密室犯罪，以及与足迹、指纹相关的推理设定），时间上不可能发生的犯罪，出人意料的凶器及毒药，出人意料的人与物的藏匿方式。以下我想重点就"出人意料的罪犯"这一类推理情节设定展开说明。

在"出人意料的罪犯"这一推理情节设定中，最为常用、种类也最多的当属"一人两角色"。在上述《推理类别集成》所列八百余种推理设定中，各种类型的"一人两角色"有130种，数量居于首位。其次为"密室犯罪"，亦达83种。这两种推理设定在其中占压倒性多数。

受害人即罪犯是"一人两角色"这一推理设定中的构思之一。

一般而言，杀人事件中的凶手与受害人必然是完全对立的关系，谁也不会想到二者会是同一个人。而一些推理小说作家恰恰利用了这一成见造成的盲点，想出了各式各样的推理情节。

《推理类别集成》中提到的"受害人即罪犯"这一推理设定有以下类型。

（1）罪犯假扮成受害人（可细分为作案前假扮和作案后假扮），共47种。

（2）共犯假扮成受害人（在多名罪犯的情况下，这一方式较为容易作案），共4种。

（3）罪犯假扮为受害人之一[范·达因(S. S. Van Dine)的《格林老宅谋杀案》(The Greene murder case)及埃勒里·奎因的《Y的悲剧》(The tragedy of Y)采用的便是这一推理设定]，共6种。

（4）罪犯与受害人确为同一个人，共9种。

其中第（4）种是最令人匪夷所思的，读者可能会产生这样的疑问：凶犯与受害人同为一人的推理设定真的能够成立吗？

如果细分之，上述第（4）种推理设定又可分为"偷盗""伤害""杀人"三种情况。

首先，有关"偷盗"的推理设定讲的是发生于某城市的一位一流艺术品古董商身上的故事。一日，古董商将一块宝石高价出售给了一位老顾客。几日后，这位老顾客返回店中，声称宝石底座受到了损伤，想请古董商给修复一下。古董商满口应承，却在检查的过程中意外发现那块宝石是赝品。古董商明白身为大富豪的那个老顾客没有理由故意调换宝石欺骗自己，唯一的可能便是那块宝石从一开始便是赝品，只是自己起初疏忽之下未能发觉而已。古董商懊恼不已，想着可否找到相同的宝石替换过来，但由于那是块十分罕见的宝石，一时也难以找到真品。就此修复后返还也将留下隐患，一旦哪天事情败露，损失的将不仅是一块宝石，自身信誉扫地才是最大的损失。视清誉为生命的一流古董商岂能容许如此事态发生。

万般无奈下，古董商心生一计，于某日夜间假扮盗贼从天窗潜入工房，将宝石"偷盗"而去。翌日一早，古董商假戏真做，向警察递交了"偷盗案"申报。警察赶到现场经过一番调查后，发现盗窃痕迹清晰，随即便以盗窃案结案了。古董商随后当面向大富豪道歉，并以现金形式做了等额赔偿。对于古董商而言，虽然损失了一定的金钱，但却保住了自身无价的声誉。如上，这便是一个自己偷盗自己物品，即受害人与罪犯同属一人的典型推理设定，其情节之离奇令人印象深刻。

其次，关于"伤害"的推理设定虽在西方的小说中多有出现，但由于它们均情节冗长，非三言两语能够总结，因此我谨以自身的一部旧作为例展开说明。故事发生在战前日本陆军某将军官邸内。某日夜间，一名盗贼潜入该将军所在的书斋意欲偷盗。不料，盗贼的行踪被将军之子察觉。盗贼见自己的行踪暴露，遂扣动手枪扳机冲着将军之子射出一颗子弹后便破窗逃之夭夭了。射出的子弹正中将军之子脚部，将军之子虽被及时送到了医院，但最终因伤势过重而成为残疾人。事发后不久，家人在院中水池底部发现了被偷的物品。

然而，这一偷盗事件却是将军之子自导自演的一出闹剧。将军之子将贵重物品包裹于手帕之内后从窗户扔到了水池中，制造了偷盗作案现场。随后，将军之子开枪射伤了自己的脚部。读到这里，可能有读者会产生将军之子缘何做出自我伤害之事的疑问。事实上，战前的日本实行的是"征兵制"，将军之子上演的是一出为了避免被征兵的"苦肉计"。作为将军之子，自然不能做出顶风乱纪之事而丢了其父脸面，于是便想到了如此"苦肉计"。经过如此一番周折，将军之子虽然成为残疾人却也成功逃脱了被征兵的命运。这便是受害人与罪犯同为一人的以"伤害"为主题的推理设定之例。如经一番添枝加叶，这一主题颇有成为趣味横生的故事的可能。

最后是关于杀人凶手与被害人同为一人的推理情节设定。读者一定会觉得这种推理情节设定令人匪夷所思，但推理小说追求的就是化不可能为可能，只要稍加处理，就能创作出令人拍案叫绝的推理作品。以"自杀"为题展开创作便是可行的方案之一。很显然，"自杀"事件中涉及的行凶者与被害人同为一人，若在此基础上再附加一些出彩之处，那么一部优秀的推理作品也就成型了。

例如，一个被医生告知身患不治之症的病人破罐子破摔，不惜以提前结束生命为代价报复仇人便是海内外推理小说作家惯用的推理设定。具体而言，自杀者在自杀之前伪造种种他杀迹象，并把杀人嫌疑导向仇人。

英国罗纳德·A. 诺克斯（Ronald A. knox）身为神职人员热衷于创作推理小说，他的一部题为《陆桥谋杀案》（*The Viaduct Murder*）的长篇代表作于战前被翻译为日文，深受广大读者喜爱，其大名也随之为推理小说迷所熟知。他的另一部短篇小说讲述的便是杀人凶手与被害人同为一人的故事，故事情节离奇且妙趣横生，颇能引人入胜。

《陆桥谋杀案》讲的是一位身患绝症的男子在被医生告知了死期后发生的一系列行为。该男子难以忍受等待死亡的恐惧和痛苦，而自己却又胆小如鼠、畏惧自杀。既然自己对自己下不去手，那么就只有借他人之手杀掉自己。但谁又愿意蒙受杀人的罪名去帮他这个忙呢？

于是，这位男子便想通过先杀人而后再以被判死刑的方式结束生命（有读者可能会觉得明明都动了杀人的念头，却不敢面对自杀，这故事也太过荒唐了吧。不过，这虽然是一部讽刺性的作品，但由于作者采取了倒叙的写作方式，且是以第三人称为切入视角进行了巧妙的编排。因此实际读起来不仅不会让人觉得荒唐无稽，反而能让人很容易接受其故事逻辑）。该男子起初想以间接的方式杀死一个陌生人，但结果却未能成功，也丝毫未能引起警方的怀疑。

至此，该男子发现原来杀人也并非轻松可为。于是，男子想到既然杀害他人不容易，那么就自己"一人扮二角"，用真实的自己"杀死"一个自己假扮的他人，以此获得死罪。具体而言，该男子先假扮成一个虚构的人，进入一列火车的二人包间内，然后悄悄地从另外一个出口下车。下车后，男子去掉装扮恢复至真实身份，并再次上车进入同一包厢。在前后两次上车的过程中，男子均有意同列车长及服务员打了招呼，让他们觉得包厢里确有两个人无疑。

当列车行进至一处高架桥时，该男子将事先准备好的一具人体模型抛到了高架桥下的河中。列车抵达下一个车站时，该男子装出惶恐之态逃下了车，包厢里自然是空空如也。该男子如此故意留下破绽，也就没有理由不被警方怀疑了。

事后，该男子如其所愿地被警察逮捕。但在接受审判的过程中，男子却对即将到来的死刑判决惊恐不已。于是，男子便向辩护律师和盘托出了事情的经过。经过辩护律师的一番努力，该男子被无罪释放。然而，该男子却在离开法庭返回住址的途中，因未能躲开后方驶来的卡车而惨死于车轮之下。这部作品的结局虽不免有些讽刺的意味，但却是"罪犯与受害人同为一人"这一推理设定中极具特色的例子。

以上便是"一人两角色"这一推理设定的作品之例。在我的推理设定汇总表中还有一项"一人两角色之外的意外罪犯",此项可细分为以下十种:(1)侦探即罪犯;(2)罪犯为案件中的法官、警官、典狱长等;(3)案件的发现者即罪犯;(4)案件的陈述者即罪犯;(5)罪犯为无犯罪能力的幼儿或老人;(6)罪犯为残疾人或罹患重病者;(7)罪犯为死尸;(8)玩偶即罪犯;(9)多名罪犯;(10)罪犯为动物。

若论以上十种推理设定的有趣程度,"(1)侦探即罪犯"这一手法是最突出的。试想,当你阅读一部作品时,最后愕然惊觉凶手就是那位负责调查案件的著名侦探时感受到的该是怎样一种豁然开朗。我第一次遇到这个推理设定是在我的少年时代。当时,我读了三津木春影的一本书(改编自莫里斯·勒布朗的《813谜案》)。那本书当时带给我的巨大冲击及满心愉悦令我至今记忆犹新。

加斯顿·勒鲁(Gaston Leroux)的《黄屋之谜》(*Le mystère de La chambere jaune*)采用的也是这一推理手法。虽然我读这一作品已经是稍后一些时候的事情了,但其妙趣仍然令我兴奋不已。虽然模仿之作读起来不免会有些令人生厌,但"侦探即罪犯"这一手法却依然得到了后世许多经典之作的青睐。

最早使用这一推理手法的作品是埃德加·爱伦·坡的《你就是凶手》(*Thou Art the Man*)。虽然这部作品中的凶手并非一名纯粹的侦探,但他却自始至终都身处事件调查组的领导地位。埃德加·爱伦·坡对这一推理手法的开创足以令人钦佩。

第二部采用这一推理手法的作品是伊斯雷尔·赞格威尔（Israel Zangwill）的长篇小说《弓区大谜案》（*The Big Bow Mystery*），该作品出版于1891年，远早于1901年的《黄屋之谜》及1910年的《813谜案》。赞格威尔作为一名纯粹的文学家，其构思及文章皆堪称大成，其对"密室杀人"及"侦探即犯人"这两种推理手法运用之娴熟也称得上经典。战后，在我的极力推荐下，赞格威尔的这部长篇小说被译成日文出版。

继赞格威尔、勒鲁、勒布朗之后，"侦探即罪犯"这一推理手法又在英国作家亨利·菲尔丁（A. E. Fieldding）、阿加莎·克里斯蒂（Agatha Christie），美国作家玛丽·罗伯特·莱因哈特（Mary Roberts Rinehart）、埃勒里·奎因等的长篇小说，以及吉尔伯特·基思·切斯特顿（Gilbert Keith Chesterton）的两部短篇小说中被频繁使用。日本作家滨尾四郎在其一部长篇作品中也采用了这一推理手法。

前述十种"一人两角色"的推理设定中，在有趣程度上仅次于"侦探即罪犯"的当属"（4）案件的陈述者即罪犯"这一手法。我在《推理类别集成》中提到的那部小说是以旁观者第一人称的方式书写的。因此，读者在阅读过程中对作品中出现的每一个人都可能有所怀疑，却唯独会把故事的陈述者排除在外。这并不奇怪，因为读者在一般情况下都会毫不犹豫地选择相信陈述者。就常识而言，故事的陈述者如果口出诳言谎语，那整个作品岂不是成了"满纸荒唐言"了？

　　然而，克里斯蒂正是利用了读者思维的盲点，在大约三十年前创作了一部"案件的陈述者即罪犯"主题的作品，在推理小说界留下了惊鸿一笔。在这部作品中，故事的陈述者丝毫未曾撒谎，只是在陈述过程中故意遗漏了某一处。也正因如此，该作品的写作手法技术要求之高也是非同一般的。克里斯蒂女士精妙的写作手法成功地使该部作品成为其著名的代表作。

　　如上所述，这部作品中的故事陈述者并无任何撒谎之处，但因其在陈述中有意漏掉了重要节点，因此也遭到了"这对读者有失公平"之类的非难。不过，由于这种非难是建立在把推理小说视为作者与读者之间的猜谜游戏的基础上的，因此我认为倒也没有必要特别狭隘地来看待这部作品。将这部作品列入佳作名篇前十名的评论家何其多的事实也充分说明这一非难只是无中生有罢了。

　　需要指出的是，在克里斯蒂之前已经有人抢先一步使用了"案件的陈述者即罪犯"这一推理手法。只不过由于这位先驱者是瑞典人，未在英美文学界受到关注而已。这位瑞典作家名为萨缪尔·奥古斯特·杜塞（Samuel August Duse），其作品为长篇推理小说《斯默诺博士的日记》（*Doktor Smirnos dagbok*）。前述克里斯蒂的作品出版于1926年，而杜塞的这部作品则早在十年前的1917年即已面世。杜塞的这部作品之所以能够为日本人所认识，得益于日本法医学者古畑种基博士做出的努力。古畑博士在德国留学期间，无意间于柏林发现了这部作品的德文版，随后便送给了好友小酒井不木博士。日本大正时代末期，小酒井博士将这部作品的日译版以连载的形式刊登到了《新青年》杂志上。

如同其他推理手法一样，"案件的陈述者即罪犯"这一推理手法出现后也被众多作家模仿。如英国的安东尼·伯克莱（Anthony berkeley）及尼古拉斯·布莱克（Nicholas Blake）在各自的作品中都使用了同样的推理设定，日本的横沟正史、高木彬光两名作家的长篇代表作采用的也是这一推理手法。

接下来较为奇特的推理设定当属"（7）罪犯为死尸"。一般而言，死尸挥舞凶器行凶是超乎常理的，但推理小说家苦心孤诣地想要达到的正是这种出乎意料的结果。推理小说作家亚瑟·里斯（Arthur J Rees）在其作品《黑暗中的手》中便将死尸作为道具行凶，而真正的凶手其实另有他人。只不过由于真凶不在犯罪现场，而且又有证人为其做不在场证明，因此警方最终只能认定事出意外了。

其具体做法是事先在死尸手中放置一把手枪，且将死尸的手指嵌入扳机处，等到夜深后，死尸逐渐趋于僵硬，死尸手指在自然收缩的作用下扣动扳机，射出子弹射死正在守夜之人。这一计划若放在现实中，能否顺利进行还是要打一个大大的问号的。

小说毕竟是小说，只要情节安排得足够让人信服就可以了。且不说能不能命中目标人物，死尸的手指在僵化过程中扣动扳机还是有足够可能的。范·达因在《狗园杀人事件》(*The kennel Murder Case*)中便曾提及确有类似事件发生。

与"死尸即罪犯"比较类似的推理手法是"玩偶即罪犯"。对此，我在"离奇的情节"中已有过详述，在此便不再赘述了。

"(9)多名罪犯"这一推理设定也是十分有趣的。这一推理手法曾在克里斯蒂的一部长篇作品中出现过，故事讲的是在一列行驶中的火车上发现了一具身中数刀的男性死尸。警方对那节车厢上的十几名乘客调查后发现没有一个人看到过凶手。于是，警方便判断凶犯已经跳车逃走了。然而，事件的真相却是那节车厢上的十几名乘客全部参与到了凶杀案中。

原来，车厢中的十几名乘客都与被害者结下过仇恨，他们事先经过协商后决定在列车上动手。为了防止有人向警方泄露实情，便决定每一个人都要砍受害者一刀，于是便有了受害者浑身遍布刀痕的惨剧。

"(10)罪犯为动物"这一推理设定的代表之作为埃德加·爱伦·坡的《莫格街凶杀案》。该作品讲的是警察千辛万苦寻找凶犯，到头却发现行凶者是动物，其情节之离奇大大出乎人们的意料。故事中的凶杀案现场惨不忍睹，让人觉得凶手一定是一个暴虐无道之徒。

由于是密室杀人,因此警方没有把怀疑对象锁定到动物身上。后来,一名业余侦探杜邦从一处小小的线索入手,将搜索对象锁定为动物,通过一番巧妙的安排最终抓住了真凶,即一头从主人家中逃脱的宠物黑猩猩。

"罪犯为动物"这一推理手法出现后,也多被后世作家所采用。继埃德加·爱伦·坡之后,阿瑟·柯南·道尔的《斑点带子》(*The Adventure of the Speckled Band*)也是一部运用了该推理手法的代表之作。由于受害者在死前惊呼"斑点带子",因此警方起初把怀疑对象锁定到了出没于死者附近的一名头上缠着花纹头巾的流浪汉身上。然而,凶手却是一条毒蛇。原来,毒蛇的主人趁着夜色将毒蛇赶到受害者床上将其毒杀而死。死者在临终前将毒蛇误认为是一条斑点带子。

在目前的推理小说作品中出现过的动物罪犯有狗、马、狮子、牛、犀牛、猫、毒蜘蛛、蜜蜂、水蛭、鹦鹉等,可以说是无所不用。其中出现狮子及鹦鹉的作品尤为有趣(有关狮子杀人的作品已在"离奇的情节"中有过描述,在此不予赘述)。

这里要和读者朋友们分享的与"鹦鹉"有关的推理小说讲的是一个盗窃事件。这部小说是英国作家阿瑟·莫里森的早期短篇作品,故事发生于一处密室,该房间房门紧锁,窗户虽然是敞开着的,但窗户位于距离地面几十英尺①的地方，从外面是绝无攀爬上去的可能的。然而即使如此，该房间内的一具镶有宝石的头饰竟也遭到了盗窃。

丢失的头饰原本是放在室内一角的化妆台上的，但主人回来后却发现头饰竟不翼而飞，取而代之的却是一根火柴。这根主人毫无印象的火柴恰恰引起了警方的注意，并以此为线索解开了谜团。事件的真相是，罪犯使用一只训练有素的鹦鹉通过窗户潜入室内偷窃了那具头饰。为了防止鹦鹉在偷窃过程中发出声音，罪犯特意训练鹦鹉在去偷窃的途中嘴里叼着一根火柴棒，并使其见到宝石后能够丢掉火柴而重新叼起宝石飞回。

利用太阳和玻璃水瓶杀人是"出人意料的罪犯"这一推理设定中的另一个比较奇特的手法，具体可回顾我在"离奇的情节"一节中所做的具体描述。

前述十种推理手法中的第三种即"(3)案件的发现者即罪犯"也是比较有趣的手法之一，因此我想在此再多解释一番。事实上，"案件的发现者即罪犯"是非常常见的一种推理设定方法，一个平凡的推理手法原本不应当出现在我的视野范围内。不过，当这一手法与"密室推理"相结合便能产生极为有趣的效果。前述的伊斯雷尔·赞

---

① 1英尺约为0.3048米。

格威尔的长篇小说《弓区大谜案》及吉尔伯特·基思·切斯特顿的短篇小说便是比较突出的作品。

清晨,平时早已起床的受害者不知为何仍紧闭房门,一邻居发现异常后便上前叩门,却无任何应答。于是,该邻居便叫来数名街坊,一同破门而入。进入房间后,众人愕然发现房屋主人的咽喉被利刃刺破,鲜血正喷涌而出。显而易见,房间主人是刚刚遇害的。一番检查后,众人发现房间的窗户由内锁着,房门也是刚刚才被撞开的。此外,众人经过分析后,发现完全没有从外部反锁房间门窗的可能。也就是说,这是一间完全意义上的密室,眼前的凶案究竟是如何发生的呢?

原来,凶手作案的秘密在于"快速杀人"。这一凶杀案的真凶就在破门而入的众人当中。他在进入房间之前便已备好了一把类似剃须刀的利刃。等到门刚被撞开,他便一个箭步冲到受害者床前,以迅雷不及掩耳的速度将利刃刺入受害者咽喉。随后,凶手高声呼叫:"不好了!人被刺死了!"闻声围拢过来的人们看到的只是受害者遇害后的惨景,却丝毫未能察觉凶手一连串的动作。

或许有读者会问为何受害者在邻居叩门时没有应答?为何受害者被人刺中咽喉却没有任何反应?那是因为凶犯在前一天晚上便暗中给受害者下了大量安眠药。这就是"案件的发现者即罪犯"的推理手法事例。

应当说，"快速杀人"在推理设定中的应用并不罕见。凶手出手之迅速很容易让人想到日本的剑道高手或忍者。

（《推理小说特集号》，《周刊朝日》，1955年10月10日）

【后记】

笔者在拙文《英美短篇推理小说之吟味》中介绍过切斯特顿的另外一部有关"快速杀人"的短篇小说，谨与读者分享如下。

这部短篇小说题为《沃德利失踪案》（*The Vanishing of Vaudrey*）（日文版刊载于《新青年》1933年5月号），其运用的推理手法极为奇特。故事中的受害者那日正在村里的理发店（该理发店同时也销售香烟）请理发师为其剃须。这时，沿着理发店后边的河边走来两人，其中一人便是凶手。当二人来到理发店门前时，凶犯让同伴在原地等候，他一人进入店中买香烟。就在店主人放下剃须刀去取香烟的几秒钟内，凶手以迅雷不及掩耳的速度冲到受害者身旁，操起剃须刀割断了正闭目养神的受害者的咽喉。随后，凶手又若无其事地取了香烟与在外等候的同伴悠闲散步而去。

上述"快速杀人"的手法与前述破门而入后的"快速杀人"手法颇有异曲同工之处，只不过切斯特顿作品中的凶手更加冷静，他并非以杀人为游戏,而是周密准备下的有计划行动,他甚至有胆量安排同伴在外等候,还有购买香烟的闲情逸致,显得那么游刃有余,给读者带来轻松的同时也有丝丝恐怖。

不过,理发店店主冷静下来后很容易便想到凶手是刚刚前来购买香烟之人。然而,这位店主也是胆小怕事之辈,唯恐报案后自己被当作凶手,因此便将死尸装入袋子后扔到了河中。不久,尸体便被人发现。面对警方的询问,店主装作一问三不知,而真凶则有同伴作证,这下可难倒了警方。而侦探卢布朗则以死者剃了一半的胡须为线索一步步推出了真凶的身份。

第三章

凶器之冰

一般而言，一种推理设定一经使用便会被广泛效仿，『一人两角色』及『密室推理』也不例外。推理小说作家在『一人两角色』及『密室推理』这两类推理设定上也使出浑身解数，创造了多种分支，每种分支的角度皆各不相同，以至于达到了百余种之多。

由于推理小说的特点在于其设定的谜团越是扑朔迷离越能引发读者的兴趣,因此推理小说常常把脱离现实的事情描绘得煞有介事。换句话说,推理小说中出现的犯罪手法在现实中实在是少之又少。不过,也不要忘记"创作源于生活"这句话,有蓝本就有行动,如果仔细查阅国内外的犯罪记录的话,推理小说作家很可能为一些犯罪手法与自己的推理设定不谋而合而吃惊不小。

虽然我在战前并未特别关注过外国的推理小说,但战后却深深为那些外国作品所吸引并进行了大量的阅读。我在阅读的过程中,特别对每部作品中采用的犯罪手法做了笔记,并对记录的所有犯罪手法进行了分类,还尝试过对它们进行统计分析。这些犯罪手法大约有八百例,其主要分类及各自数量如下。

(1)一人两角色、替身及其他与人自身相关的推理设定,共225例;

(2)与犯罪手段相关的推理设定(出人意料的凶器、出人意料的毒杀手段、各种心理设定),共189例;

(3)与时间相关的推理设定(交通工具、钟表、音响等较多得到使用),共39例;

(4)与犯罪痕迹相关的推理设定(足迹、指纹,以及推理小说最为常用的密室推理等),共106例;

(5)与人(包括尸体)或物的意外藏匿场所有关的推理设定,共

141例；

（6）与密码有关的推理设定，共37例。

以上只是大致分类，若再细分则可分为几十项之多，其中事例最多者为"一人两角色"（130例），其次为密室推理（83例），二者数量远超其他。

一般而言，一种推理设定一经使用便会被广泛效仿，"一人两角色"及"密室推理"也不例外。我们通常会觉得拾人牙慧的推理设定让人乏味，然而实际情况却并非如此。这是由于一种推理设定可以分化出多个种类，每种分化的推理设定都有其独创之处，自然也就能够吸引读者了。推理小说作家在"一人两角色"及"密室推理"这两类推理设定上也使出浑身解数，创造了多种分支，每种分支的角度各不相同，以至于达到了百余种之多。

如前所述，我将这些资料汇总后形成了《推理类别集成》一文。在此，我仅对上述（2）中的"出人意料的凶器"展开说明。再具体而言，是以"凶器之冰"为例对"出人意料的凶器"做出说明。

我收集到的有关"出人意料的凶器"的推理设定一共有63例，其中以冰为凶器的事例分布最为广泛，达到10例之多。究其原因，与水冻结后的膨胀特性及冰会融化不无关系。

众所周知，水在冻结后会膨胀。例如，冰的膨胀力甚至可以使容器裂开。因此，在深夜气温下降之际，将冰的膨胀力和杠杆原理相结合就可以制造出利刃自动掉落、手枪自动发射的假象。而且，如果事件发生的第二天气温上升，那么冰便会消失得无影无踪，谁也想不到有人会在冰上做文章，这恰恰是使用冰作为凶器的奥妙之处。然而，在我收集到的推理设定中却没有任何一种采用了上述方法。原因大概与这种杀人手法过于复杂有关，过度复杂的推理情节往往会将推理小说的趣味性抹杀掉，因此我所见到的著名作品中鲜有采用这一手法者。

不过，相较冰的膨胀性，推理小说作家对冰的融化的运用则要广泛得多。其使用方法大概有两种，其一为在冰块上放置一块木板，木板之上再放置一重物，随着冰的不断融化，木板在重压之下便会出现下沉，而这种下沉便会产生动力。其二为反其道而用之，可以将冰自身在融化过程中的位移转化为动力。而这两种动力都可以加以利用，例如可以用其发射子弹，也可以用其投射利刃，亦可以用其勒死处于昏迷状态中的人等。此外，也可以利用冰达到延迟尸体被发现的效果，而且冰在融为水之后便会蒸发消失得无影无踪，不会留下任何痕迹。不过，这种手法依然较为复杂，因此也仅出现在一些不知名的作品中，优秀之作反倒对其敬而远之。

"密室"与冰块

除了上述将冰作为凶器的推理设定外,也有部分作家把冰块用在密室推理中。所谓"密室杀人"即在一个门窗皆从室内反锁的条件下发生的凶杀案件,且当人们破门而入后仅发现死者横尸当场,却不见凶手的踪影。如前所述,"密室杀人"这一推理设定分类达到八十种之多。例如,犯人在行凶后可使用某种预设好的机关使房间门窗从内部自行反锁,这一手法还可以再分化为七八种之别,其中之一用到的便是冰块。具体而言,凶手在行凶后擦去室内所有犯罪痕迹,再将一冰块置于门闩卡槽内,随后轻轻带上房门扬长而去。随着时间的推移,冰块彻底融化后,金属门闩便自然落入卡槽内,一个完美的"密室杀人"现场便制造成了。如果房门上没有门闩卡槽,那么就可以在门闩下方安置一块楔形冰块用以支撑门闩暂时不倒。当然,也有作家使用雪代替冰,其效果与冰块相同,用到的都是雪和冰的可融化性。

冰弹

将冰块削成子弹形状,使用发射装置将其迅速发射出去也是一种行凶手段。冰弹在穿入人体之际虽然会留下弹痕,但不久便会融化消失,因此也被称为幽灵子弹。也有作家在作品中写过把人体血液冷冻后制成子弹形状用于行凶。血液子弹在穿入人体后不久便会与人体中的血液融为一体,这就更加难以发现了(当然,相同的血型更能增加迷惑性)。此外,也有些作家考虑到冰会在短时间内发生融化,从而采用盐块替代冰块。虽然盐块融化后会留下盐分,但由于人体内本身即含有大量盐分,因此也是不容易被人发现的。

上述有关冰弹的推理设定并不是什么新鲜的发明。根据约翰·狄克森·卡尔的说法,在意大利古代便发生过使用弓发射冰箭杀害美第奇家族成员的事件。此外,公元前1世纪时的古罗马诗人马库斯·瓦列里乌斯·马提亚尔也在诙谐短诗中提及过类似的杀人方法。近代的推理小说作家也不乏使用相关推理手法者。所有这些运用的均为冰的可融化性。

我隐约记得卡罗琳·威尔斯(Carolyn Wells)在其著作《推理小说的技巧》(初版)中曾引用过一个关于冰弹致人死亡的真实事件。这个事件讲的是在某个夏日中午,一名行人在繁华街道旁突然倒地而亡。警方经过检查发现死者胸部有弹痕,但在解剖尸体后却发现明明子弹没有贯穿身体,但其身体中却没有子弹的踪影。警方经过一番艰苦的调查,最终找到了"真凶"。原来事发前有两辆卡车刚好先后经过死者身旁,前一辆卡车满载冰块,其中一块冰恰好掉落在死者不远处。而就在冰块掉落后不久,后一辆卡车满载货物不偏不倚地碾压到了冰块之上,应声破裂的冰碎片如子弹般迸射而出,不幸命中死者胸部。

冰剑

使用冰剑杀人也是一种有趣的推理情节设定。例如凶手在使用冰剑杀人后将尸体藏匿起来,以便为冰剑彻底融化争取时间,如此,即使凶手在案发现场也可以没有凶器为由推脱责任,而警方最终也只能认为凶器已经被凶手带离了现场。

在此,我想介绍一部有关冰剑伤人的作品。这部作品是英国的推理小说作家和科学家的合作之作,讲的是一个身患不治之症的人将自杀伪装成他杀,并嫁祸于仇人的故事。此人素来喜欢桑拿浴,是一家土耳其洗浴中心的常客。一日,此人如常进入一间桑拿房后却迟迟不见出来,后被发现胸部遇刺身亡。从伤口来看,此人定是被短剑所杀无疑。

而就在案件发生前后,死者生前的仇人恰恰也来到那家土耳其洗浴中心洗浴,且被人目击到曾在死者所处的桑拿房附近徘徊。如此一来,那名仇人自然蒙上了杀人嫌疑,但凶器的不知所踪令警方的调查一时陷入了困境。正在警方一筹莫展之际，一名出色的侦探稍加分析便解开了谜团。

原来，自杀之人在进入桑拿房时随身携带了一个保温瓶，保温瓶内放入了一把锋利的冰剑。关上房门后，此人便用那把冰剑刺入胸膛结束了自己的生命。这位自杀者在案件发生前便有意养成了携带保温瓶洗桑拿浴的习惯，并向周围人宣称是为了洗桑拿之时解渴所用。如此准备周密、用心良苦，也难怪警方一筹莫展了。

若是普通房间，冰剑的消融尚需一定时间，而在桑拿房的高温下，冰剑很快便消融殆尽，不会留下任何痕迹。这部小说的精妙之处即在于桑拿房、冰剑这一热一冷两种条件的完美结合。不过，也有推理小说作家反其道而为之，将冰剑用在寒冷的北国。

毒冰

美国推理小说作家约翰·狄克森·卡尔在其一部长篇作品中曾描述过一个有关使用毒冰杀人的故事。故事中的凶犯事先在冰箱的制冰盒内注入毒药制成毒冰。而后，凶犯在人前取出毒冰调制鸡尾酒。在将毒冰放入混合器皿的一瞬间，凶犯以品尝为名迅速喝了一口鸡尾酒。由于此时毒冰尚未融化，因此并不会对凶手造成伤害。接下来，凶手故意拖延时间以便让毒冰充分融化。待到毒冰完全融化,凶手将鸡尾酒倒入酒杯劝对方喝下。由于有第三者在现场目击了事件的全过程,因此警方最后断定有人事先在酒杯内下了毒。如果我没有记错的话,日本的《宝石》杂志在去年曾刊载过与此推理手法相类似的一部短篇小说。

干冰

日本的一名推理小说作家的作品中曾出现过利用干冰挥发后变为二氧化碳气体的特性杀人的故事。作品中的故事发生在盛夏之际,凶手事先在遇害者居住的小房子内放置了大量干冰,待到干冰挥发后,遇害者便在睡梦中中毒身亡了。除此之外,一些作品中还出现了凶手利用液态空气冷冻人体后,将尸体敲得粉碎的犯罪手法。

冰柱杀人及其他

在与冰相关的推理设定中,使用冰柱的杀人手法也是不容遗漏的。在此,我想举一个有关使用防暑冰柱(冰柱内部封入了一枝花)杀人的故事。故事中的主人公被人发现倒毙于庭院,其头部有明显遭钝器撞击的痕迹,死因为头盖骨骨折。然而,警方经过一番细致的检查后发现案发前后并没有任何人接近遇害者所在的那个庭院。并且,庭院及周围并未发现与死者头部伤痕相符合的石块或其他钝器。最终,一名著名侦探以案发现场地面上掉落的一枝夏季开放的花为线索揭开了这件蹊跷杀人事件的真相。在炎炎夏日下,花朵虽然已经枯萎,但从花茎根部的切口来看,那枝花应为插花所用之物。侦探联想到夏日防暑用的冰柱内部往往会被封入一枝花,并推理认为如果有人从死者庭院紧邻着的那座西洋式建筑的三楼对准死者头部投掷下防暑冰柱的话,必令人当场倒毙于地。碎裂于地的冰块很快便会融化蒸发殆尽,仅剩下那枝花静静地躺在那里。按照这一推理,侦探对紧邻着的那座三层西洋建筑的主人展开了调查,最终得到了与其推理完全符合的结果。

除此之外,还有诸多利用冰行凶杀人的推理设定。例如有推理小说作家设定了如下杀人情节:凶手事先在结冰的湖面上挖出一处冰洞,等到冰洞处再度结冰后便邀请自己要杀之人前往滑冰。在对方沉醉于滑冰的乐趣中时,凶手巧妙地将其引导到冰洞附近令其落水,制造出不小心溺水死亡的假象。再例如,还有推理小说作家创作了一部有关雪国杀人的作品。该作品讲述的故事先预设了一个场景,即遇害者深夜(因醉酒等原因)横卧在一处坡底不省人事。凶手得知这一情况后便用雪制作了一个与人体相近的雪人,并在雪人前胸处倒插一把利刃。而后,凶手在斜坡顶部备好能够推雪人滚下斜坡的装置。一切准备就绪后,凶手便邀请三两名朋友到现场附近喝酒聊天。到了设定的时间后,凶手设定好的装置便将雪人推下了斜坡。在加速度的作用下,雪人下滑速度不断加快,雪人胸前倒插着的利刃最终刺穿了遇害者的胸膛。雪人最终四散而去,虽然凶器遗留在了案发现场,但凶手却并未现身。加之有一同饮酒聊天的朋友做证,真凶自然很难被人发现。当然,要想完美地达成杀人目的,必须保证遇害者的位置与雪人的下滑轨迹在同一条路线上,而这种巧合在现实中是近乎不可能发生的。推理小说终究是文学作品,作者需要做的只是通过巧妙的设计令读者欣然接纳故事情节即可。

我收集到的把冰作为凶器的推理设定大概就是以上这些。由于只是简单罗列,大概读者会认为这些推理设定十分幼稚吧。但如果真正去读作品的话,读者便会发现这些推理设定还是颇能令人信服的。推理小说作家的价值就在于通过添枝加叶以使那些推理设定鲜活起来。如果再略施技巧,不仅能令推理故事变得煞有介事,有时还能令读者吃惊不小。

不过,现实生活中的案件是极少使用上述迂回烦琐的犯罪手法的。即使使用,也很难像小说中设定的那般顺利,因为越是绞尽脑汁地去设定犯罪细节,越是容易留下漏洞而被人发现。现实中那些反智的、无厘头的案件反而常常令警方一筹莫展。当然,并不是说完全没有计划周密、手法离奇的犯罪案件,前述意大利古代发生的使用弓发射冰箭杀害美第奇家族成员的事件便是记录于史册的真实故事,飞溅的冰碎片伤及路人而被误认为是凶杀案件的事例也是实际发生过的。虽然有"创作高于生活"一说,但也不要忘记"创作源于生活",现实的离奇超越小说的荒诞也是有可能的。因此,从事案件搜查工作的人保持推理小说作家般的发散性思维并非全无用处。

（《犯罪学杂志》1952年3月复刊号）

第四章

异样的凶器

我收集到的西方推理小说中有关异样凶器的推理设定共有六十余种。曾有一位作家在其作品中将作案凶器设定为狮爪，具体是在木棒的前端绑定一个狮爪状的金属器具，然后再用其杀人。由于故事中的案发现场是一个与狮子毫无渊源的地方，因此这一凶案充分营造出了既怪诞又恐怖的氛围。

在讲述西方故事之前，我想先和大家分享一些发生于日本江户时代的故事。江户时代元和八年（公元1622年），下野国宇都宫藩主本多正纯曾经试图暗杀幕府第二代将军德川秀忠，他的暗杀方法是事先在宇都宫城内安装一个吊顶，而后伺机使吊顶落下砸死德川秀忠。这一暗杀计划最终虽未能成功，但这一犯罪手法中使用的凶器可谓出人意料。法国推理小说《吉格玛》（zigomar）及《罗康博尔》（Rocambole）中出现的杀人手法与本多正纯的手段颇有异曲同工之妙。阿瑟·柯南·道尔的《夏洛克·福尔摩斯》中的"技师的拇指"一节中出现过人被关在一个巨大汽缸内，一块沉重的钢板不断向头顶压过来的恐怖场景。两相比较的话，本多正纯设置的杀人机关更加宏大。

另外一个江户时代的故事《里见八犬传》中名为"船虫"的毒妇也是广为人知的，且曾被日本著名推理小说作家小酒井不木所引用，其引文内容如下：

　　自此，船虫扮成街头娼妓，每逢夜幕降临后便立于海边引诱嫖客。待到媾和缠绵之际，船虫便趁机咬断嫖客之舌致其死亡，随后便与潜伏于附近的媪内合力弃尸大海。如有见势不妙欲逃跑者，则媪内趁其不备开枪杀之。如此，二人的罪行便可不为人知。

　　船虫这一在热吻之际咬断舌头致人死亡的既充满色情又不失荒诞的杀人手法也令人印象深刻。虽然仅咬断舌头倒不一定能够致人死亡，但却一定会给人带来极大的痛苦。西方也流传着在热吻之际，将事先藏在口腔内的毒药胶囊送入对方口中致人死亡的故事。相较之下，上述日本江户时代的咬断舌头致人死亡的故事则显得更加惊心动魄。

　　西方推理小说最为常用，也是最为有趣的异样凶器当属以冰代刃了。以冰代刃有一大优点，即冰在作案后不久便可融化殆尽，不留下任何痕迹，能够达到看似难以完成的作案效果。我在前一章"凶器之冰"中已就类似的利用冰的即融性来行凶的推理设定有过详述，在此不再赘言。除此之外，还有把太阳和玻璃水瓶组合起来杀人的犯罪行为，详见前文。

　　我收集到的西方推理小说中有关异样凶器的推理设定共有六十余种。这些推理设定放在小说的故事情节中固然是妙趣横生的，但我在此只能生硬地讲述其设定本身，因此不免有些枯燥无味。若要挑选出其中的出类拔萃者，"利用物体的加速度杀人"便是第一个（即便是第一个，对推理小说爱好者而言大概也没有什么新意）。这一推理设定讲的是一名男子倒毙于街头，其头上戴着的头盔开裂着，头盖骨已经破碎。死者身旁虽然躺着一把锤子，但锤子之小实在难以令人相信有人能用其击裂头盔,除非那人能使出千钧之力。凶案的真相是凶手从道路一侧的高塔之上抛下了那把锤子。锤子虽小,但在加速度的作用下,其冲击力便足以击裂铁盔。这便是一个利用物体加速度行凶的典型事例。

此外,以动物为作案凶器的推理设定也是十分有趣的。曾有一位作家在其作品中将作案凶器设定为狮爪,具体是在木棒的前端绑定一个狮爪状的金属器具,然后再用其杀人。由于故事中的案发现场是一个与狮子毫无渊源的地方,因此这一凶案充分营造出了既怪诞又恐怖的氛围。

另一个作品讲的是一名妇人死于火车上的故事,从表象上看,死者头部像是受到过手杖之类的物件重击。然而,警方经过一番调查发现那辆火车上没有人使用手杖,且完全找不到有哪一个人具备杀害妇人的动机。就在案件陷入困境之际,一位著名侦探登场揭开了谜底。原来火车在行进途中与另一辆载有牛的货车交错而过,就在其中一头牛探出头部的一瞬间,那名妇人恰好也伸出了脑袋,牛角瞬时击中妇人,令其当场丧命。由于事发于夜半时分,其他乘客正处于酣睡之中,因此谁也没有注意到事发的过程。

再讲一个有关异样凶器的推理设定。故事中的男子倒毙于路旁,正当警方为其死因一筹莫展之际,一位著名侦探指出杀死男子的并非某一个人而是地球。当然,侦探的这一说法是由结果逆向推导而出的,事实上,那名男子是由高处跌落后触地而死的。由于男子的致命伤是由头部撞击到坚硬的地面造成的,因此侦探才不无幽默地把凶器定格为地球。这种由结果逆向推导的写作风格往往能够营造出有趣的阅读体验。

玻璃也是另一个常用于推理设定中的工具,其出现频度仅次于冰。例如,凶手可使用玻璃片杀人,而后清理干净附着于表面的血迹后顺手将玻璃片扔进一旁的玻璃鱼缸内,便可达到很好的凶器藏匿效果。再如,可以将玻璃研磨成粉末混入食物内,玻璃粉末随食物进入体内后便会刺伤胃内壁而引发出血。这种犯罪手法虽然不见得致人丧命,但使人身陷重疾却是轻而易举的。事实上,以此为犯罪手法的推理小说不在少数。玻璃粉末也算得上毒药的一种,作为凶器的的确确是出乎寻常的。

此外,向静脉注射空气作为一种犯罪手法也经常出现在推理小说中。空气虽然并非毒药,但注射入静脉后却能使人丧命。这一犯罪手法想来也是令人十分恐惧的。

(《彻读小说集》1953 年 11 月增刊)

第五章

密室推理

揭开推理小说『谜团』的过程是充满刺激和乐趣的，而『密室推理』则是其中的典型代表。

一般而言，文字性描述即使再严密也不免留下漏洞，但密室推理却如同几何学图形一般具体而严谨，不给人留下任何可乘之机，给读者带来一一巨大的心理冲击。

　　所谓"密室推理"指的是关于发生在密闭空间内的凶杀案件的情节设定。这里的密闭空间意指房间门窗皆从内部上锁，人们除了破门而入绝无从外部进入房间的可能。而当人们破门而入后，房间内除了死者横尸于地外再无第二个人的影子。凶犯究竟是如何从一个门窗紧闭、无天窗、无暗道、取暖烟囱及换气通道之狭小甚至容不下婴儿穿过的房间中逃脱出去的呢？难道凶犯会遁形之术？或者使用软骨之术如软体昆虫般从门缝溜之大吉了？

　　然而，推理小说作家却能妙笔生花，在智慧和理论的结合下，把一个看似不可能完成的凶案修饰得天衣无缝。揭开推理小说"谜团"的过程是充满刺激和乐趣的，而"密室推理"则是其中的典型代表。一般而言，文字性描述即使再严密也不免留下漏洞，但密室推理却如同几何学图形一般具体而严谨，不给人留下任何可乘之机，给读者带来巨大的心理冲击。也正因如此，几乎所有推理小说作家在创作生涯中都曾写过密室推理作品，甚至有一生专门从事密室推理创作的作家。

　　在推理小说史上，最早出现的以密室推理为主题的作品为埃德加·爱伦·坡的《莫格街凶杀案》，这部作品及后来加斯顿·勒鲁的《黄屋之谜》曾风靡一时，产生了巨大的影响。乔治·西姆斯在大约距今四十余年前，即1913年12月的《斯特兰德杂志》(*The Strand Magazint*)上披露过现实生活中的密室杀人案。当年，我在读到这篇文章时深受震撼，便将其剪裁下来粘贴到了笔记本上，并保留至今。西姆斯在杂志上披露的这个案件约发生于距今一百年前，也就是 19 世纪初。案发地点位于法国巴黎蒙马特区的一处公寓最顶层的一个房间内，房间距地面有六十米高，房间的主人为名为罗丝·德拉古的年轻女子。有一日，由于时近中午也不见女子的动静，于是警察便破门而入查看究竟。房间内的场景令人惊悚不已，只见女子横卧床头，一把利器直穿胸膛，看似用了非常之力。房间门窗紧闭，且均由内部上着锁，除了取暖用的烟囱再无与外部连接的通道，而这唯一通道之狭小实在让人难以想象犯人是从中逃脱的。此外，房间内的贵重物品完好无损，警方也未调查到任何与女子有关的恩怨情仇。该案件事后几经犯罪专家研讨，却始终未获任何眉目，直到百年后的今天仍是一个未解之谜。

　　不过，有关密室的作品还可追溯至更早。公元前 5 世纪古希腊作家希罗多德在其著作《历史》中记载了一个公元前 1200 年古埃及拉姆西斯四世（Rhampsinitus）的密室故事。这一故事可称得上密室推理的原型。故事中的建筑师在拉姆西斯四世的命令下修建宝库。建筑师出于私心在宝库中设计了一个秘密通道，并在临终遗言中告知其子密道的打开方式。建筑师撒手人寰后，其子便按照遗言中的方法通过密道偷走了宝库中的宝藏。无独有偶，公元前 2 世纪古希腊的另一位作家帕萨尼亚斯在其作品中描述了名为阿伽墨得斯（Agamedes）与特罗佛尼乌斯（Trophonius）的两位建筑师在建造密室时暗中设计密道的另一个故事。

《圣经·旧约》(*Apocrypha*)的《外典》中也记载着一个名为"贝尔的故事"的密室推理。故事中的巴比伦王对贝尔(Bel)神无比崇拜，常将羊、谷物等食物供奉于贝尔神殿。神殿在供奉之际皆门窗落锁，任何一个人也靠近不得。然而，供品总是在上供之日的夜晚便消失得无影无踪。人们纷传这是贝尔神一番饕餮所致。但名为丹尼尔的青年却并不相信这一传言，经过一番调查后最终揭开了真相。原来，神殿祭坛下有一处暗道，神殿教执每逢上供之日的夜晚便偷偷潜入神殿掳掠美食而去。

无论是古希腊作家希罗多德作品中的宝库，还是《外典》中的神殿，皆预留了秘密通道，这在今人的密室标准看来颇有些不公平。即使是埃德加·爱伦·坡的《莫格街凶杀案》中出现的密室也是有失公平的，因为那一密室的窗闩是折断了的。如此说来，完美无缺的首部密室推理之作究竟出于何人之手呢？阿瑟·柯南·道尔的《斑点带子》(收录《斑点带子》在内的《福尔摩斯探案集》出版于1892年)与伊斯雷尔·赞格威尔的长篇小说《弓区大谜案》(1891年出版)的出版时间相差无几。相较《斑点带子》，后者的情节更加复杂，阅读趣味性也更高。《弓区大谜案》虽然在西方并未受到很大关注，但却是当时设计最为缜密的密室推理，可以说在大手笔的密室推理设定上开了一个先河，因此我认为这部作品应当受到重视。

　　我把有关密室的推理设定分为三大类,分别为行凶时凶犯不在室内的密室推理设定,行凶时凶犯在室内的密室推理设定,凶犯与受害者均不在室内的密室推理设定。在此基础上,我又进行了更为细致的分类,具体如下。

　　西方也有作家对密室推理做出过分类,其一出现在约翰·狄克森·卡尔的《三口棺材》(*The Three Coffins*)的“密室讲义”一章,其二出现在克莱顿·劳森(Clayton Rawson)的《死亡飞出大礼帽》[*Death From a Top Hat*(未日译)]的“切勿提问”一章。二者均是借作品中的主人公之手来进行分类的,前者的主人公为费鲁博士,后者的主人公为奇术师侦探马里尼。虽然后者与前者的分类稍有不同,但二者均将密室推理首先分为两类:(A)真密室,凶犯不可能逃脱,即凶犯不在室内;(B)伪密室,凶犯逃脱后再构成密室。所不同的是,前者的费鲁博士将(A)细分为七项,将(B)细分为五项,而后者的马里尼不仅将(A)(B)分别细分为九项和五项,还另外单列出了(C)类。

　　而我在对密室推理进行分类时,虽然也参考了上述二者的分类方法,但基于的分类标准有所不同,也加入了一些自己独一无二的分类。为了区分和比较起见,我以(F·A·1)、(M·B·2)这样的符号对上述二者的分类做出标记。(F·A·1)与(M·B·2)仅为示例,F代表费鲁博士的分类,M代表马里尼的分类,(A)和(B)分别代表二者原有的分类大别,1和2等代表(A)和(B)之下的细分项序号。

(A)行凶时凶犯不在室内的推理设定

1. 室内安装有机械装置(F·A·3)(M·A·4)

★接听电话时从话筒一端发射子弹的装置。

★接听电话时听筒被接通强电流的装置。

★壁橱内设置手枪,开门即发射的装置。

★给座钟或挂钟上发条时由钟内部发射子弹的装置。

★屋内顶部安放一把重剑,并由细线沿墙紧绷于地面,待人进入室内走动时触动细线,引发重剑落下致人死亡的装置。

★于屋内顶部吊起一沉重的盆栽,并用绳子将其斜着绷紧,待人触碰到绳子后,盆栽便像钟摆一样横着砸过来致人死亡。

★在床上安置一个能够在睡梦中致人死亡的毒气产生装置。

★将冰冻或冰融时的重量变化转化为动能而使手枪发射的装置;

★化学药品定时起火的装置。

★定时炸弹引发火灾的装置。

以上推理设定皆出现于名家作品中,由于都是机械性质的装置,因此不免给人以幼稚之感。

2. 室外远程杀人(密室窗户微开或密室存在狭小缝隙,但密室居于三楼以上的高度,因此不可能由窗户或密封进出)(F·A·6)(M·A·6)

★将短剑装入发射装置,于对面建筑射出行凶。

★通过窗户向室内发射由盐制成的子弹,盐弹于行凶后不久便会溶解于人体内。

★趁人将脑袋探出窗户之际,由楼上窗户放下一个绳套勒死受害人,而后悄悄将尸体由建筑后侧窗户卸到地面,并由同犯将尸体运至林中伪装成上吊自杀的假象。

★由窗外射杀受害人后将手枪掷于室内,并事先在受害人衣服上涂抹硝化物,伪装为室内行凶;当案发现场为一楼时,凶手在行凶后的当晚使用伸缩工具将置于桌子上的凶器调包为其他凶器。

★由窗外向室内射出一支事先系有细绳的毒箭,行凶后再将凶器由窗缝回收。

除上述事例外,还有若干三言两语难以描述的复杂的室外远程犯罪手法,在此仅以一名作中出现的推理设定为例予以说明。故事说的是一人身中毒箭横卧房中,房间门窗紧闭且无任何缝隙,就连通风口也被细细的密网遮挡着,窗玻璃及门上的猫眼也完好无损。但侦探在勘察了房间后一口断定毒箭是从一个四方形的小孔射进来的。侦探的这一断言令警方百思不得其解。最后,侦探一语道破玄机,原来那个小孔是安装旋转式门锁锁芯的卡孔。这种旋转式门锁是套在一个四方形的锁芯上的,而四方形的锁芯是内嵌于门上的四方形卡孔内的。凶犯在房门外使用工具先将把手卸掉,再在四方形锁芯上套牢一根金属线,而后缓缓地向内推动锁芯露出四方形卡孔,锁芯则悬挂于金属线一端。凶手在完成这一系列准备工作后,剩下就只待受害人接近门口时射出毒箭。达成目的后,凶手再将锁芯拉回卡孔,而后重新安装好把手,擦去指纹便完成了整个作案过程。

上述利用门上的四方形锁芯卡孔作案的推理故事固然有趣,但美国的一位少年作家却利用房门上的另一个盲点创作了一部作品。作品中一共出现了前后两个房间,一名男子端坐于后面的房间内,一名女子端坐于前面的房间内。前后两个房间交界处的门与墙壁成直角敞开着。后面的房间除了一扇门,便是四面墙壁了。案发时,后面的房门敞开着,正对着的是前面的房间。端坐于前面房间的女子身后是一扇敞开着的窗户,窗户外是一条道路,该房间还另有一扇门与外界相通。在这种情况下,突然枪声响起,端坐于后面房间的男子中弹倒毙。如此,最大的行凶嫌疑人便是那名女子了。然而,那名女子却是清白的。原来,真凶是利用后面的房门打开之际,从前面房间的窗户(也就是女子身后)对准后面房门与墙壁之间的缝隙(安装有新型大号合页的门在与墙壁成直角敞开时会出现长度约一寸左右的缝隙)开枪杀人的。由于那名女子背对着窗户,因此浑然不觉身后出现过凶手。当然,能够在这种情况下保证成功作案的凶手必定是神枪手无疑了。

3. 不是自杀的自杀,采取手段让受害人通过自己之手杀掉自己(F·A·3)(M·A·3)

★虫牙患者前来就医,医生(即凶手)告诉患者虫牙出血需要在晚上在虫牙上涂抹镇痛药。随后,医生交给患者一瓶事先混入毒药①的镇痛药。夜晚,患者涂抹镇痛药后,毒药便通过出血部位进入体内,最终致其丧命于密室之中。而凶手则于第二天装作与他人共同发现现场的样子,趁机拿走镇痛药以隐藏作案手段。

★凶手事先向受害人灌输恐惧心理,或从室外向室内输送有毒气体令受害人心智错乱而发生撞头事故意外死亡,或令受害人在惊慌中自杀(菲尔博士的讲义例子)。

4. 伪装成他杀的密室自杀(F·A·4)(M·A·2)

★"凶器之冰"一章中有关"冰剑"的故事如果发生在密室内便可构成"伪装成他杀的密室自杀"。

★横沟正史创作的《本阵杀人事件》也属此类。

5. 伪装成自杀的密室他杀(F与M均未提及)

★一名苦行僧将自己反锁于一处巨大的体育馆内绝食修行。数日过去后也不见苦行僧从馆内出来,人们情急之下便撞开体育馆门进去看个究竟。进入体育馆内后,人们发现苦行僧已经饿死于床

---

① 指南美洲茎花毒藤等植物产的一种黑色树脂,医学上用作松弛药,印第安人用作箭毒。

榻之上了。床榻旁边的架子上虽然摆满了食物，但显然苦行僧丝毫未曾触碰。苦行僧坚定的修行意志令大家叹服不已。然而，这并非自杀而是彻头彻尾的他杀。原来，苦行僧生前曾投下了巨额生命保险，并将受益人设定为他的四名印度人弟子。四名弟子对这笔保险金早已垂涎三尺，于是便商议好了一个害死师父的计划。苦行僧在体育馆内修行过程中每隔一段时间便会吃下安眠药睡下。四名弟子便趁苦行僧熟睡之际，使用钩子和绳子爬上体育馆建筑顶部。体育馆顶部设置有用于采光的天窗，天窗虽然不能供人进出，但却留有换气的缝隙。四人从天窗缝隙向馆内垂下四条绳索，再设法用绳索前端的钩子钩住苦行僧的床榻四脚，而后缓缓将床榻悬吊至天窗附近，将绳索固定在天窗支架上后四人便离开了现场。苦行僧醒来后发现自己已经身陷绝境。数日后，四名弟子再次爬上体育馆建筑顶部，确认苦行僧已经饿死后，便轻轻放下绳索，将床榻归于原位。而后，四人装作毫不知情的样子与众人一道破门而入。读者可能觉得这个故事像是天方夜谭，但该作品曾被评为"三大杰作集"之一，其作者也十分有名，即前文提到的《陆桥谋杀案》的作者、英国罗马天主教派大主教罗纳德·A. 诺克斯。此外，《推理小说十诫》也出自诺克斯之手。

★前文提到的从楼上窗户放下绳索将人勒死后再将尸体转移至树林，并伪装成上吊自杀的事例也可列入此类。

6. 发生于室内的非人所为的凶案（F·A·6）（M·A·5）

★埃德加·爱伦·坡的《莫格街凶杀案》中出现的黑猩猩、阿瑟·柯南·道尔的《斑点带子》中出现的毒蛇，以及前文所述鹦鹉偷盗宝石的事例均属此类（这些事例中出现的密室或窗户微开或留有缝隙，均非绝对意义上的密室）。此外，前文中出现的以太阳和水瓶作为作案凶器的事例也属此类。美国推理小说作家梅尔维尔·戴维森·波斯特及本人在这一类别的推理小说创作中可以说开了先河。

(B)行凶时凶犯身处室内

1. 在门窗或屋顶做手脚

最早出现的有关密室推理的作品是以此类情节设定为主的。我曾于大正时代读过一部杰里·詹金斯（Jerry B. Jenkins）的作品。作品中的凶犯在行凶后利用卡子和绳子从门外操纵门锁从内部锁上的手法令我印象深刻。此后，以范·达因为首的众多作家一拥而上，花样百出地使用这一手法进行了创作，到现在已经显得有些陈腐，也再没有谁在作品中使用了。

（1）有关在门上做手脚的事例（由于窗户相关的犯罪手法与门大同小异，因此在此不予赘述）

具体而言，凶犯在行凶后将尸体置于室内，自己则从室外使用预先准备好的机关转动门锁制造房门已锁上的现场。

当然，要使这一推理设定成立，还需要提前让读者了解另外三个条件。其一,房门钥匙只有一把,且无人有机会复制钥匙。其二,西方社会常用的门锁可在内外两侧插钥匙。其三,西方社会的房门与地板之间一般都会留有缝隙。这三个条件可以说是这一推理设定成立的前提条件。

此外,西方社会常用的门锁有三种,即普通锁、按压式锁、门闩式锁。推理小说中出现的密室推理设定根据门锁类型的不同而不同。

①普通锁(F·B·1)(M·B·1)

★凶犯行凶后将钥匙从房门内侧插入钥匙孔,然后将一根系有细绳的铁丝插入钥匙尾部的圆孔内,再将细绳从房门底部缝隙引至室外。完成这一系列准备工作后,凶犯关上房门,从室外拉动细绳带动铁丝锁上房门,铁丝则在转动的过程中自然落下。凶犯从室外收回细绳和铁丝后便完成了整个作案过程。当然,如果房门钥匙尾部没有圆孔,也可以使用金属卡子卡住钥匙来完成现场的伪装,只不过卡子不会自然落下,需要稍稍用力拽下。

★上述犯罪手法出现在小说中固然有趣,但若放在现实生活中则显得有些烦琐。事实上,只需要一个前端扁平,内侧粗糙的小镊子就可以完成作案。具体操作方法如下:将钥匙从房门内侧插入钥匙孔后,从室外将小镊子插入钥匙孔,用镊子前端夹住钥匙转动即可锁上房门。当然,这一方法虽然简单,但却失去了趣味性,因此极少出现在推理小说中。

②按压式锁(F·B·3)(M·B·1)

★使用小夹子夹住房门内侧按压式锁芯的前端,再用细绳系紧夹子顶部,且在锁芯运动方向的墙壁上钉入一根细钉子作为支点。然后,将细绳穿过钉子后由房门底部缝隙引出室外。完成这一系列动作后,犯人拉动细绳便可将力量传递到夹子,进而锁上房门,再稍加用力便可将小夹子扯下落于地面,而后拉动绳子便可将夹子转移至室外。到此还未结束,墙上的小钉子也有可能成为破案的线索,因此还需要事先在钉子尾部系上另一根细绳并引至室外,以便从室外收回钉子。以上仅为示例,相似的作案方法还有很多,但原理都是一样的。

③门闩式锁(F·B·4)(M·B·1)

★这种门锁的门上安装有门闩,门框上有卡槽,门闩落入卡槽内即意味着上锁。当然,有的门闩式锁的门闩和卡槽的安装位置是相反的。在相关的推理设定中,为了暂时不使门闩落下,可在门闩与门的细缝处卡入纸片或薄木片,并用细绳系好后通过门下方的缝隙引至室外。犯人于室外拉动细绳使纸片或薄木片脱落后,门闩便落入卡槽。然后,犯人再将纸片或薄木片拖拽至室外便完成了作案。

★也可将上述纸片和薄木片替换为蜡烛或冰块。笔者在"凶器之冰"中已经就冰块的推理设定做过详细解释,在此不予赘述。至于蜡烛,犯人在出门前将蜡烛点燃,待蜡烛燃烧殆尽后门闩便自然落入卡槽。不过,由于蜡烛燃烧容易留下痕迹,因此被发现的危险也很大。

★此外,一位著名作家的作品中出现了一种使用磁铁的犯罪手法。具体而言,犯人于门外侧的门锁处贴上一块磁铁,牢牢吸住门闩。犯人从房间出来后取下磁铁,门闩便自然落入卡槽。不过,由于这一犯罪手法情节简单,给读者带来的趣味性也就没那么强烈了。

④以上为与西方社会常用门锁相关的犯罪手法。而与日式门锁相关的犯罪手法有如下几种。

★由于日本的推拉式双扇门或窗户往往使用螺纹闩,因此便有了一个非常独特的打开门窗的方法。具体而言,犯人提前准备好一个扁薄、齿密的锯条,作案时将锯条顺着门缝或窗缝扣在螺纹闩上,再用力转动门闩便可打开门窗。或许有读者担心心存不良者看到这一犯罪手法后会将其用于危害他人,但事实上这类犯罪手法在鸡鸣狗盗之辈中早已不是什么新鲜玩意儿。我这里把犯罪手法披露出来反而能够提醒人们平时多加小心。当然,这一犯罪手法并不符合前述密室推理的条件,但若用于密室作案,倒也不失为一个有趣的设定。

⑤卸掉门合页(F·B·2)(M·B·2)

★根据约翰·狄克森·卡尔的说法,西方社会中的孩子们常常使用这一手法打开家中的柜子从中取糖果吃。这种方法是在不触碰门锁的情况下,使用螺丝刀卸下合页打开房门或柜门。由于这一方法完全跳过了门锁,因此也能带给读者很大乐趣。当然,这一手法仅限使用在合页处于房门或柜门外侧的情况下,如果合页处于内侧便无可奈何了。自伊斯雷尔·赞格威尔在作品中采用了这一推理手法后便多次被其他作家效仿。

⑥利用错觉(F·B·5)(M·B·5)

★犯人作案后从室外锁上房门,随后携带钥匙离开现场。不久后,犯人再混入众人,装作发现现场的一员,并趁着混乱之际偷偷将钥匙从房门内侧插入钥匙孔。如此一来,等警方调查时便会认为房门是从内侧上的锁。

★如果房门上留有换气孔或房门底部的缝隙足够大,那么犯人在作案后就可以从换气孔或房门底部将钥匙丢回房间内。不过,这种手法的严谨性要差很多,自然也容易受到警方的怀疑。

⑦两把钥匙(F·M中均未出现)

★提前备好两把钥匙,将其中一把钥匙插入房门内侧的钥匙孔,关上门后将另一把钥匙从室外插入房门外侧的钥匙孔,房门内侧的那把钥匙便被顶出掉落于地面。再从门外转动钥匙便可锁上房门。不过,这一犯罪手法与上述从换气孔或房门底部将钥匙丢回室内的做法大同小异,也很容易受到警方的怀疑。

(2)在窗户上做手脚

★自从埃德加·爱伦·坡在其作品《莫格街凶杀案》中使用了有关窗户的推理设定后,类似作品层出不穷(这部作品中出现的窗户闩钉是折了的,任何人都可以将其打开,因此作为密室推理是有失公平的)。日本的窗户多使用旋转螺纹闩,而西方的上下推拉式的窗户则常用类似门闩的窗户闩,只要从外部合上窗户闩便可制造出密室效果。与前述房门不同的是,窗户无缝隙可利用,因此就需要在窗户玻璃上开一个小孔,从小孔穿过一根细线或铁丝来完成作案。

★在某一作品中,凶犯通过用枪打穿窗户玻璃的方式制造出了一个小孔。如此一来,警方便会将注意力集中到弹痕,而非小孔上。并且,由于留下弹痕的时间与作案时间相异,因此案件将变得愈发扑朔迷离。使用手枪制造小孔看似有些夸张,但却达到了推理小说趣味性的效果。

★还有一种既不使用细绳也不使用铁丝的作案方法(M·B·3)(F无)。具体来说是将一块窗户玻璃卸下,然后将手伸入室内锁上窗户后再将玻璃回归原位置,最后用玻璃胶粘好玻璃即可。不过,由于玻璃胶是新涂的,因此这一手法也比较容易被人识破。

（3）将屋顶整体吊起（F·M中均未出现）

★有些推理小说作家创作出了非常极端的犯罪手法，将屋顶整体吊起便是其中之一。大约是在三四年前，《女皇》杂志刊载了一部名为《第51号密室》的获奖作品。这部作品中出现的密室门窗皆无懈可击，是完全意义上的密室。罪犯面对这样一间密室，并没有在门窗上动（脑筋），而是使用千斤顶翘起了房间屋顶的一部分，并利用翘起的缝隙出入于密室而完成了作案。当然，并非所有密室都适合于这种作案方法。虽然罪犯事后会将屋顶恢复至原位置，但终究做不到完全一致。但由于屋顶完全是一个盲点，因此警方很难想到有人会撬动屋顶来行凶作案。这一犯罪手法与前述拆除房门或柜门合页的方法颇为类似，都能给读者造成出乎意料的观感。

★一位日本作家想到的犯罪手法更加夸张，其作品中的罪犯将木板房的房顶整体吊至一棵大树树杈之上，使用滑轮、绳索等工具将屋顶完全吊起完成了作案。说实话，这一推理设定不仅夸张，甚至称得上怪诞了。因此，普通的写作风格已经难以驾驭这一推理设定，必须使用吉尔伯特·基思·切斯特顿的幽默讽刺风格才能完成写作。

★天外有天，人外有人。双叶十三郎在两三年前曾向我讲过另一个更为夸张的作品。该作品出自一位美国作家之手，作品中的罪犯先在野外杀人，而后在死尸上迅速盖起了一座小房子，伪装出了密室作案的现场。故事情节虽然离奇,但一夜之间建造一座简易小房子也不是不可能。因此,这也称得上是一部怪诞之作。

2. 伪造出作案时间延迟的效果

(1)伪造声音(F·M中均未出现)

★凶犯行凶后按照前述在房门上做手脚的方式制造出密室效果。此后不久,第三者在通过受害人房门前时偶然听到了受害人说话的声音。如此一来,受害人至少在那位第三者通过房门的时间点仍被认为是活着的。那位第三者也顺理成章地成了一名证人。而真凶则选择在同一时间点与朋友约会,这样就有证人为其做不在现场的证明了。如此,这桩案件便披上了两层迷雾,其一为密室杀人的不可能性,其二为真凶在受害人遇害前是与朋友在一起的,有从未接近案发现场的证人。原来,第三者通过房门时听到的声音并非受害人实时的说话声,而是凶犯在行凶前趁受害人不备录下的声音。凶犯在作案前做好了周密的调查和准备,他设定好了录音播放时间,使得第三者在通过房门时刚好能够听到录音器内传出的说话声。

★有的作品则使用爆竹替代录音器来达到延迟作案时间的效果。具体而言,凶犯行凶时在手枪上安装了消音器以避免他人听到枪声,然后再将一支有超长引火线的爆竹安置于房间内的壁炉中。完成这一系列行为后,凶犯便离开现场到别处与第三者若无其事地谈笑风生。而就在凶犯说笑期间，爆竹被引爆，那爆炸声很容易让人误以为枪杀案刚刚发生。有第三者为自己提供不在场的证词，真凶便可免于遭人质疑。

★当作案凶器为钝器时，可以在密室内设置一个定时翻落的重物装置，其声音也能让人误认为作案时间即重物翻落的时间。

★此外，当凶犯具备腹语能力时，也可利用他的这一特长伪造出案发时间延迟的效果。具体而言，凶犯在伪造完密室现场后藏匿于室外某处，待有人通过时便使出其腹语特长模仿受害人的说话声音，且听起来像是从房间内传出的一样。如此一来，通过案发现场的第三者便会认为受害人还活着。

（2）视觉欺骗（F·M中均未出现）

★以上是针对听觉的欺骗手法，下面我再向读者们介绍一下有关视觉欺骗的犯罪手法。夜晚，一座建筑的二楼灯火通明，窗帘上映出一个俯卧于桌前的身影，这身影的主人已经中弹身亡，而正在一楼庭院尽情燃放烟火的众人对楼上发生的事情却毫无察觉。原来，凶犯在行凶之际巧妙地把死者身体作为遮挡，避免了自己的身影被映在窗帘上，这样一来，楼下的众人谁也想不到楼上的人已经丧命枪口之下。为了进一步使案情复杂化，凶犯又制造出密室效果，为自己创造出不在案发现场的证人。这只是利用视觉欺骗进行犯罪活动的手法之一，其他相似的手法还有很多，虽然并不是每一种手法都可以用文字描述出来,但它们的原理皆大同小异。

(3)"一人两角色"与"密室"相结合(F·A·5为这一推理设定的变形)(M·A·7)

凶犯或共犯在行凶后假扮死者出现在他人面前,同时又制造出能证明自己不在案发现场的证人。

(4)加斯顿·勒鲁的《黄屋之谜》称得上运用这一推理设定最为优秀的作品(F·A·1)

该作品中的一名女子在卧室中因遭到其爱慕的男子的殴打而身负重伤。即使如此,这名女子依然深爱着那男子,不仅不予揭发,反而选择将自己锁在卧室中以掩盖男子的恶行。此后不久,那女子在噩梦的惊吓下由床榻之上摔了下来。这时,恰巧有人从门前经过,惊诧之下忙敲门询问,却迟迟不见动静。于是,路人便破门而入,只见那女子横卧于地板失去了知觉。路人仔细查看后发现那女子身上的伤痕明显为殴打所致,绝非由跌落造成。然而,由于那女子始终不愿说出真相,于是留给人们想象的就只剩一种可能了,即路人在破门而入期间,犯人从这间密闭的卧室中神秘地消失了。这一原本妙趣横生的密室故事在我的粗浅描述下可能显得有些枯燥无味,但《黄屋之谜》这部作品充分利用了人的心理盲点,在所有的密室推理作品中堪称(最优秀的作品)之一。

3. 通过伪装,使作案时间看似提前(M·A·8)(F无)

这是一个有关密室"快速杀人"的推理设定。我在"出人意料的罪犯"一章的(3)"案件的发现者即罪犯"一项中已作详述,在此不予赘述。

4. 最为简单的密室推理(M·C)

这一类别的密室推理也就是我在前文中提到的克莱顿·劳森作品中的主人公马里尼在其"密室讲义"列出的(C)类推理设定[马里尼与约翰·狄克森·卡尔作品中的主人公费鲁博士在密室推理的分类上有相同之处,即(A)类和(B)类,而(C)类是马里尼的独创,详见前文]。作品中的马里尼虽然对这一类推理设定颇为自豪,但其手法极为简单,听起来简直就像是儿童的捉迷藏游戏一样。具体而言,凶犯在行凶后继续待在房间内静候人们破门而入。等到人们真的破门而入时,凶犯先是躲藏在门后,等到众人向尸体围拢之际再迅速抽身逃离现场。这一手法看似荒诞无稽,但仔细想想凶犯或许真的有机可乘。

5. 火车与客轮上的密室推理

由于行驶中的火车及航行中的客轮是与外界相隔绝的,因此它们本身便构成了密室。特别是西方火车上的包厢堪称一个绝佳的密室舞台,因而也频繁出现在推理小说的推理设定中。以此类推,飞机也算得上一种密室,但可能由于其在推理设定中的应用难度较大,因此我至今尚未发现有哪部作品将飞机作为故事的舞台。以上所言三种交通工具作为密室推理的舞台虽然场所相异,但依据的原理与前述建筑物条件下的密室推理是相同的。

(C)行凶时受害者不在室内(F·A·无序号)(M·A·9)

名为密室作案,受害者却不在室内,这听起来似乎有些不合情理。但其中的作案手法却并不复杂,具体有以下几种。

★凶犯在其他地点行凶后将尸体搬运至室内,并制造出密室效果。

★身负重伤的受害者自行进入室内,并在某种理由下从室内锁上了房门,后由于伤势严重而死亡。受害者自行锁上房门的原因大致有两种,其一为受害者想庇护凶犯,其二为防备凶犯或敌人的进一步追杀。由于房门是由受害者自行锁上的,因此这将导致案件内幕无从揭示,从而成为一桩永远无法解开的谜案。尤其值得一提的是,那些对密室作案手法非常熟悉的人反而更难发现这类案件背后隐藏着的玄机。因此,这类密室推理小说可以说是对传统密室推理手法的反向操作。

★一位著名推理小说作家在其作品中还描述了这样一个奇妙的故事:凶犯在他处行凶后将尸体运至密室条件下的美术馆,然后通过高高的窗户将尸体抛入馆内,制造出受害者在美术馆内遇害的假象。

(D)密室脱逃

这类密室推理设定一般有两种。

★其一为发生在高层建筑的案件。凶犯在行凶后从窗户沿着事先搭好的钢丝绳逃离现场(M·B·4)(F无)。

★其二为越狱案件(F·M中均未出现)。虽然越狱行为明显有别于传统的密室推理设定,但从分类上似乎放在此处较为妥当。事实上,越狱手段是多种多样的。例如,有罪犯把怀表的发条加工成小型锯条,日复一日地用其磨断牢房窗户的钢筋,而后越窗逃出。再如,还有罪犯日积月累地积攒起监狱内使用的小布头,将其编织成一条长绳,从窗户顺着绳子逃脱出去。这些越狱手段固然有趣,但在性质上却与推理小说中使用的推理设定大异其趣。美国魔术师哈利·胡迪尼巡回于世界各地,曾上演了一出又一出越狱传奇,也曾从密闭的保险柜中神奇脱逃。虽然哈利·胡迪尼的诸多表演背后也都隐藏着预设好了的机关,但能够用在推理小说中的却少之又少。哈利·胡迪尼在其传记中披露了他上演的各种魔术的谜底,读来确实非常有趣。

★越狱题材相关的著名推理小说有莫里斯·勒布朗的《亚森·罗平越狱》、贾克·福翠尔(Jacques Futrelle)的《逃出 13 号牢房》(The Proble of Cell 13)、克莱顿·劳森的《断项之案》(The Headless Lady)等。其中,《亚森·罗平越狱》这一作品讲述的是主人公罗平在狱中以生病为由假装卧床不起，并借机以易容之术改变了容貌。后在法庭提审之日，罗平以其改变后的容貌成功欺骗了法官，让法官误以为抓错了人，从而成功获释。

★贾克·福翠尔的《逃出13号牢房》中的主人公是一位著名侦探，他为了证明自身的越狱能力，主动获罪并如愿进入了监狱。主人公从牢房中老鼠的行踪发现了一条与外界相通的废弃下水管道。于是，主人公便将衬衣撕成布条后制成了一条长绳，再耐心训练老鼠，令其拖着长绳通过床下的老鼠洞与外界建立起了沟通渠道。最终，主人公通过这一途径得到了一定量的硝酸，并用其溶断铁窗钢筋成功越狱。该作品设计精巧，趣味横生。《断项之案》这部作品不久将有日译版本面世，且其推理设定非三言两语可解释得清楚，因此笔者在此便不再做解释了。

（1956年5月，专门为本书而写）

第六章

藏匿推理

推理小说中也经常出现有关『藏匿』的情节设定，只不过『藏』与『捉』的『游戏』发生于罪犯与侦探之间。埃德加·爱伦·坡的《失窃的信》当属这方面最具代表性的作品。作品中的王后利用人的心理漏洞，将信件直接放到最显眼的桌面上，从而成功骗过了国王的眼睛。

　　"藏好了吗?""还没有呢!"这是小朋友们玩捉迷藏游戏时常见的问答,想必读者们对此并不陌生。捉迷藏游戏的有趣之处在于其中蕴含着的机智性与刺激性。在我的孩提时代,日本名古屋地区曾经流行过一种别出心裁的捉迷藏游戏。具体而言,一名孩子将一个小物件(可以是火柴棒、小木棍、草秸、小石子等)掩埋于地面划定了的一块四方区域内后,由其他伙伴去寻找。我在儿时也曾玩过这一游戏,从中得到的快乐实在是妙不可言。

　　到了青少年时代,由于没有更多的钱用于娱乐活动,百无聊赖之际我便和一个伙伴玩起了另外一种捉迷藏游戏。我和那个伙伴交互扮演"藏"和"捉"的角色,一人将一张名片(或是其他类似物品)藏匿于桌子上的某处,由另外一人去寻找。游戏看似简单,但由于桌子上既有书,又有砚台,还有香烟、烟灰缸等杂物,因此想要从中找到名片也并非易事。当时我们的藏匿方式可谓花样翻新,记得有一次我将一支名为"朝日"或是"敷岛"的香烟过滤嘴芯抽出来,然后再将名片卷起来藏进去,还有一次我将名片的一面涂成黑色贴到一只黑碗的碗底。游戏虽小,却颇能消磨时间,有时候甚至能玩上一整天。

　　推理小说中也经常出现有关"藏匿"的情节设定,只不过"藏"与"捉"的"游戏"发生于罪犯与侦探之间。埃德加·爱伦·坡的《失窃的信》(*The Purloined Letter*)当属这方面最具代表性的作品。作品中的王后利用人的心理漏洞，将信件直接放到最显眼的桌面上，从而成功骗过了国王的眼睛。吉尔伯特·基思·切斯特顿则将这一手法用于人的身上，写出了作品《隐身人》(*The Invisible Man*)。《隐身人》中的罪犯扮作邮递员成功骗过了人们的眼睛。埃勒里·奎因的《X的悲剧》(*The Tragedy of X*)中的凶犯则以电车售票员和渡轮检票员的身份为掩护接连杀人而逃过了众人的眼睛。

文学作品中出现的推理设定一般都与藏匿物或人有关。以下是我想到的几个与藏匿有关的推理设定。一般而言，藏匿物品主要有宝石、黄金、书籍等。根据我以前汇总的推理设定列表，藏匿宝石类物品的方法主要有极端藏匿法和普通藏匿法两种。举例而言，极端的藏匿方法有将宝石从身体的伤口处硬生生地塞入肌肉里、令鹅吞下宝石、罪犯自己吞下宝石等，而普通的藏匿方法有将宝石藏入肥皂、化妆乳膏中，或用口香糖包裹住宝石，如果是宝石项链，则可将其挂在圣诞树上充作装饰物。凡此种种，不一而足。

自己吞下宝石，过后再从排泄物中找回的方法，以及妇女将宝石藏于身体隐私部位的方法若用在推理小说中则显得平凡无奇，而不惜伤害身体或把即将愈合的伤口撕开以藏匿小物件的做法则既具奇妙之趣又不失震撼之感。我在前述推理设定列表中就这一推理设定举出的例子是 L. J. 比斯顿的《麦纳斯的夜明珠》(当然也有其他作品)。日本传统曲艺形式"讲谈"的曲目之一"血达摩"讲的是江户时代的一个家从奋不顾身保护主人传家宝的故事。该家从名叫大川友右卫门,一日其主人细川纲利侯家发生火灾,大川为了保护主人的一幅卷轴画,不惜剖腹将画塞入腹腔冲出了火海。这个故事中主人公的所作所为虽然不是为了藏匿什么,但却给人带来了极大的震撼。

阿瑟·柯南·道尔的《六座拿破仑半身像》(*The Adventures of the Six Napoleons*)之玄妙至今令我回味无穷。该作品中的罪犯将一颗黑珍珠藏匿于六座拿破仑半身像中的一座中,不成想事后竟忘记到底藏在了哪一座中。阿瑟·柯南·道尔的另一部作品《蓝宝石案》(*The Adventnre of the Blue Carbuncle*)采用的也是同一手法,罪犯设法令鹅吞下宝石后却在群鹅中看花了眼,搞不清楚宝石到底在哪只鹅的肚子里。此外,阿瑟·莫里森(Arthur Georye Morrison)的长篇小说《十一只瓶子》(*The Green Eye of Goona*)采用的也是这一推理手法。

在有关藏匿金币的推理设定中,罗伯特·巴尔(Robert Barr)的一部短篇小说可谓出类拔萃。作品中的一位守财奴生前积攒了大量金币,在其死后很快便有盗贼打起了那些金币的主意。然而,盗贼将守财奴家中翻了个底朝天却怎么也找不到金币。令盗贼意想不到的是,金币其实就在他们眼皮底下。原来,守财奴生前曾购买了火炉、风箱、铁砧等物至家中,人们只以为他是炼铁做什么工具,却不知其将所有金币熔化后锤成金箔贴满了墙壁,后又在金箔之上粘贴了一层普通壁纸以掩人耳目。大量金币化为金箔后的面积之大一定是超乎想象的,而这恰恰是这一藏匿手法的精妙所在。

约翰·狄克森·卡尔的一部短篇小说中有关作案凶器的藏匿方法非常有趣。作品中的受害者被一把锋利的短剑所杀。由于案发地点为一处密室,因此凶器绝无被带出室外的可能,但警方几经搜查却如何也找不到凶器。凶犯看似将不可能化为了可能,但真相却并不复杂。原来,凶器是一块锋利的玻璃,凶手在行凶后将之沉入了室内一个大玻璃鱼缸的缸底。当然,凶手在此之前不会忘记擦干净玻璃上附着的血迹。凶手的藏匿手法如此狡猾,也就难怪凶器虽近在警方咫尺,却不得露出真容了。

还有一种与此相似的推理设定,但其做法并非藏匿凶器,而是令凶器消失。这种推理设定使用的凶器是锋利的冰块或冰锥子,其特点是行凶后很快便能自行融化消失。由于我在"凶器之冰"一章中已做详细描述,因此在此不再赘言。

至于文件资料或纸片的藏匿,常见的推理设定是将其藏入《圣经》厚厚的封皮夹缝中,但这种手法却平凡无奇。我在自己作品的推理设定中曾将纸币藏匿到了盆栽的土中,但这就更加平凡了。不过,西方的推理小说作家也曾使用过有关藏匿纸币的推理设定,F. W. 克劳夫兹的一部短篇便是一例。莫里斯·勒布朗在《水晶瓶塞》(*Le bouchon de cristal*)这一作品中有关纸片藏匿的推理设定是出类拔萃的,其具体做法是将纸片藏入假眼的内部空洞中。无独有偶,伊登·菲尔波茨在其作品中把假眼用于藏匿自杀用的毒药。此外,假牙作为藏匿手段也经常出现在西方作家的作品中。

此外,推理小说中还有若干关于藏匿人自身的推理设定也十分奇特。例如,较为常见的是一个犯下滔天大罪的犯人为了隐匿身形而故意以其他轻罪入狱,或者装作生病住进医院以遁其行踪。前述以邮递员及检票员身份掩人耳目的手法也十分有趣。吉尔伯特·基思·切斯特顿在奇特的推理设定上素来有名,其在有关藏匿人的推理设定上同样十分出众。其一部作品中出现的越狱犯在逃逸途中偶遇一处宅邸正在举办化装舞会,于是他灵机一动,身着狱服便大摇大摆地混入了舞会。其他舞会参加者看到他这副装扮无不拍手叫绝。如此,越狱犯便成功逃过了警方的追捕。

阿瑟·柯南·道尔的一部短篇小说讲述了一个罪犯在被警方重重包围于一处宅邸的紧急关头突发奇想成功逃脱的故事。当时那处宅邸内刚好有一位病逝的家人要出殡,且入殓的棺材足够宽大,于是罪犯便潜入棺材,从而成功骗过警方,与死者一起被抬了出去。阿加莎·克里斯蒂的一部短篇作品则讲述了一个罪犯利用警方不便搜查女人床榻的心理,悄悄潜入女主人床榻之下成功脱险的故事。乔纳森·拉蒂默(Jonathan Latimer)的作品《停尸所里的女尸》(*The Lady in the Morgue*)中使用的也是同一推理设定。

　　除上述之外,还有更为简单的欺骗手法。例如,有的罪犯扮成护田假人(吉尔伯特·基思·切斯特顿),有的则扮成蜡人成功骗过了警方的追捕[约翰·狄克森·卡尔的作品《蜡像馆之尸》(*The Corpse In The Waxworks*),以及我的作品《吸血鬼》]。

　　以上是关于活人藏匿的推理设定,事实上有关藏匿死人的推理作品也为数不少。我在推理设定列表中把与藏匿死人相关的推理设定大致分为以下四类:永久藏匿的推理设定;暂时藏匿的推理设定;转移死尸后再藏匿的推理设定;无颜死尸。

　　"永久藏匿的推理设定"中采用较多的,也是较为简单的手法主要有埋于地下、沉入水中、纵火或使用火炉焚烧、药物溶解(如日本谷崎润一郎的《白昼鬼语》)、藏于砖墙或混凝土墙内[如埃德加·爱伦·坡的《一桶蒙特亚白葡萄酒》(*The Cask of Amontillado*)、我的《帕诺拉马岛奇谈》]等。同时,还存在一些十分独特的藏匿手法,如有直接将尸体吃掉[洛德·邓萨尼(Lord Dunsany)的《两瓶调料》(*The Little Tales of Smethers*)]、将尸体粉碎后做成香肠(德国的真实案例)、通过镀金的方式把死尸制成铜像(约翰·狄克森·卡尔的一部作品)、把死尸制成蜡像(我的作品《白日梦》)、将尸体投入水泥搅拌机混入混凝土(叶山嘉树的《水泥桶里的一封信》)、将尸体混入纸浆制成纸张(楠田匡介的《人间诗集》)、将尸体绑在气球上飘至高空(水谷准的《我的太阳》、岛田一男的一部作品)、将死尸制成干冰后粉碎

（北洋的一部作品），等等，可以说不胜枚举。

采用"暂时藏匿的推理设定"的作品有 F. W. 克劳夫兹的《谜桶》（*The Cask*）、恩加伊奥·马什（Ngaio Marsh）的《羊毛袋》（*Died in the Wool*）、尼古拉斯·布莱克（Nicholas Blake）的《雪人里的尸体》（*The Case of the Abominable Snowman*）[塞克斯顿·布莱克（Sexton Blake）的作品，我的作品《盲兽》也用了相同的手法。其他还有很多作品]，约翰·狄克森·卡尔采用的是蜡像手法，我在《一寸法师》中采用的手法有仿真人偶、菊人偶及大垃圾箱，而吉尔伯特·基思·切斯特顿在其作品《孔雀之家》（*The House of the Peacock*）中也采用了和我同样的推理设定。大下宇陀儿在《红色庖厨》中采用的是把尸体藏入冰箱的手法。

吉尔伯特·基思·切斯特顿的另一部作品描述了一位将军在战场上故意杀死了与自己结下私怨的部下的故事。为了掩盖真相，将军有意发动了一场必败无疑的战役，待到战场上自己麾下的士兵死尸堆积如山之际，将军把部下的尸体混入其中，制造出部下战死疆场的假象。作品中将军为达目的不惜冤死数十名士兵的残虐行为令人不寒而栗，同时也给人带来某种反讽之感。

"转移死尸后再藏匿的推理设定"在约翰·狄克森·卡尔的长篇小说，以及吉尔伯特·基思·切斯特顿的短篇小说中均有出现。顾名思义，这一推理手法的基本思路是凶犯在杀人后将尸体运至另外一处地点，其目的是使人搞混案发地点而给破案制造困难。推理小说作家们在此基础上加入了各种奇思妙想，衍生出了这一推理设定的各种分支。

以下是吉尔伯特·基思·切斯特顿在作品中采用的一种有关转移死尸的独特推理设定。故事中的罪犯来到受害人所居房间的楼上后再在窗户边故意发出声响吸引目标从窗户探出脑袋，随后罪犯迅速由楼上窗户放下一个绳套套住受害人脖子并将其勒死。罪犯把尸体拉至楼上后再将其从建筑后侧的窗户卸至楼下，由早已等候多时的同犯将尸体转移至林中伪装成上吊自杀的假象。

有些作家把火车顶棚用到了有关转移尸体的推理设定中，颇有一番巧思。具体来说，罪犯设法将尸体搬运至火车车棚之上，在火车于长途跋涉中遇到转弯时，尸体便在惯性作用下被甩下火车，从而制造出案发地点在远隔千里之外的假象。最先用到这一手法的作品是阿瑟·柯南·道尔的《布鲁斯·帕廷顿计划》(*The Bruce Partington Plans*)，后来布莱恩·弗林(Brian Fling)在其长篇小说《途中杀人事件》中采用了将火车替换为双层马车的手法。日本的推理小说中，我的作品《鬼》，以及横沟正史的作品《侦探小说》也借用了这种推理手法。

还有另一种有关转移尸体的典型推理手法。在这种推理设定下，受害人尸体并非由罪犯之手来转移，而是由受害人自行移动。

这种尸体转移方式同样能给警方的搜查带来巨大困难。范·达因的一部长篇小说中出现的受害人在被利刃刺伤后未及时意识到伤势已经危及生命，遂自行回到了家中，并随手从室内锁上了房门，之后不久便一命归西。受害人的这一行为导致案件的调查陷入了困境。日本的"落语"中有一个名为"首提灯"的段子，用到的也是同样的手法。约翰·狄克森·卡尔在其一部长篇作品中描述了一个更加令人匪夷所思的故事。作品中的受害人在头部中弹的情况下竟然独自一人蹒跚着走回了家中，不久便气绝身亡。为了避免读者的质疑，卡尔还特意在作品中引用了一个虽头部中弹但却没有立刻死亡的犯罪实例。

约翰·狄克森·卡尔创作了各种有关转移尸体的推理手法，并构成了其长篇作品的核心情节。由于这些推理设定设计的故事情节极为复杂，因此很难通过三言两语表述出来。不过，我倒可以在此举出一个极端的例子，卡尔的一部作品中的罪犯将受害人的尸体直接隔着走廊抛到了楼下，并设法制造了受害人在坠落处遇害的假象。而日本的大坪砂男在其作品《天狗》中则描述了一个更加极端的转移手法，凶犯将尸体安置到用于抛掷石块的大型石弓上，随后再远远地射出去。据说还有一种使用大炮把人作为炮弹发射出去的表演，如果将其用到推理小说中一定能够成为一种别出心裁的推理设定。抛掷尸体及发射尸体的做法颇具幽默色彩，与吉尔伯特·

基思·切斯特顿的创作风格极为相似。

一部曾获得日本侦探杂志《LOCK》悬赏的作品（作者名字不记得了）描述了一个罪犯使用除雪车将尸体远远撞飞的奇异故事，其情节也十分吸引人。

此外，常用的还有利用海潮的作用将尸体或载有尸体的船只转移至远方的犯罪手法，这也颇能令警方的搜查陷入困境。西方的一部名为《漂浮的上将》(The *Floating Admiral*)的合著作品、日本苍井雄的《黑潮杀人事件》及飞岛高、岛田一男的各一部作品中也用到了类似的手法。

有关"无颜死尸"的推理设定将在第八章中详述，因此在此不再赘言。

[《侦探俱乐部》昭和二十八年（1953年）2月号]

第七章

盖然性犯罪

所谓盖然性犯罪，指的是凶手虽然并未精确测算过其行凶取得成功的概率，但至少在其心中有过『这样做虽然不一定能如愿杀死对方，但总要碰碰运气』的想法。

有关盖然性的犯罪也经常出现在推理小说中。所谓盖然性犯罪，指的是凶手虽然并未精确测算过其行凶取得成功的概率，但至少在其心中有过"这样做虽然不一定能如愿杀死对方，但总要碰碰运气"的想法。这种犯罪行为虽然也不失计划性，但成功与否完全靠运气。面对如此狡猾的杀人手段，法律该如何处置呢？难道罪犯就一定能够免于被追责吗？

西方的推理小说中经常出现如下犯罪手法。在一个有幼儿的家庭中，家庭成员 A 处心积虑地想杀死 B，于是便想到了一个能够让 B 从其卧室通往楼下的楼梯上跌倒滚落的方法。西方家庭中的室内楼梯又高又陡，若从其上滚落下来是足以致人丧命的。具体而言，A 在晚上偷偷将孩子的一个玻璃球玩具放到楼梯上容易踩到的地方，然后便静待 B"失足"跌倒。当然，B 并不一定会踩到玻璃球，即使踩到了也未必身负危及生命的重伤。由于人们都会认为那个玻璃球是孩子在白天玩耍时无意中遗落在了楼梯上，因此无论 A 成功达到目的，抑或以失败告终，他都不会受到丝毫怀疑。

一个小小的玻璃球既是天真无邪的孩子的玩具，又能成为令人惊悚异常的杀人凶器。可能正是由于这种鲜明对比的巧妙才使得这种推理手法频频出现在西方的推理小说中。英国作家卡林福德（Culling ford）在其出版的长篇推理小说《死后》（*Post Mortem*）中再次采用了这一手法，可见该手法受人青睐之程度。

如此，成则大吉，败亦无碍，虽几经失败却能反复使用同一手法，只要保持足够的耐心就一定有达成目的的那一天。我把这种狡猾的杀人手法命名为"盖然性犯罪"，它的特点就在于不追求一招绝杀，而是任由"运气"安排。这一手法很早便出现在了推理小说作品中，罗伯特·路易斯·史蒂文森（Robert Lewis Stevenson）的短篇小说《这是谋杀吗？》（*Was it Murder?*）便是其中一例。该作品描述了一个巧妙利用人的好奇心和违逆心理的盖然性杀人案件。

作品讲述的是伯爵处心积虑地向男爵复仇的故事。在二人旅居罗马之际，伯爵有一日若无其事地向男爵讲起了他做的一个奇怪的梦。"昨夜我做了一个非常奇怪的梦。我在梦中看到你进入了罗马郊外的一处地下墓穴中［罗马的一处胜地（Catacomb）］。我虽然不知道现实中是否真的有这么一处墓穴，但梦中的情景实在是太真切了，我现在仍能清晰地记得梦中前往墓穴的路及沿途的风景"，"梦中的你从车上下来后便走进了墓穴，看上去像是去游览一样。我见你行动奇怪便也紧跟着进入了墓穴。进去后先是一条破败不堪的地下通道，只见你手持手电筒头也不回地只顾往前冲。我在后边只觉得你正要被无底洞吞噬一般，惊惧之下便大声疾呼，想让你立刻停下脚步。然而，你却像没有听到我的呼喊一样继续向黑暗中走去……这个梦真的是太奇怪了"。显然，男爵被伯爵这番绘声绘色的讲述吸引了。

数日后,男爵驱车前往罗马郊外兜风途中,偶然间通过了一条与伯爵梦中通往墓穴极为相似的乡间道路。狐疑之下,男爵按照伯爵所说的方向开车走了一段路之后,竟然真的发现了一处地下墓穴。梦境与现实的重叠令男爵心生好奇,于是他便手持手电筒走进了墓穴。一种异样的气氛吸引着男爵不断向墓穴深处走去。突然,男爵脚下一个趔趄,随即便跌落到了一处深井中。在人迹罕至的墓穴中纵使男爵疾声呼救,终究是无人能够听到的。如此数日后,男爵便在墓穴中一命呜呼了。

如此,伯爵最终达到了复仇的目的。至于伯爵口中的奇异之梦自然是谎言谎语。原来,伯爵在向男爵讲述那一"梦中故事"的前几日曾亲自前往那座郊外墓穴探视,从而了解到墓中那处枯井井口周围的栏杆早已残毁不堪。大概作者也并不十分确定伯爵的行为是否真的构成杀人罪,因此才在作品名称中抛出了一个疑问吧。

在日本的推理小说作家中,谷崎润一郎是"盖然性犯罪"手法的开先河者。他的早期短篇小说《途中》描写了一个丈夫想方设法置妻子于死地的故事。例如,这位丈夫想到的办法之一是把暖气管道阀门螺丝安装于妻子卧室里脚容易触碰到的地方。其如意算盘是寄希望于家中的女佣在通过附近时和服的裙摆钩住螺丝,从而把暖气阀打开。再如,这位丈夫考虑到车右侧的座位在发生车祸时更加危险,于是每次驾车外出时便安排妻子坐在车的右侧。这位丈夫通过反复尝试,终于用这种看似并无恶意的手段杀死了妻子。我在读这一作品时对这种杀人手法之巧妙叹服不已,感觉再无出其右者了。也正是在这部作品的影响下,我创作了短篇小说《红色房间》。

我在《红色房间》中描述了五六个有关盖然性的犯罪手法,以下仅举两例予以说明。其一是关于罪犯利用一名盲人倔强且怪僻的性格将其害死的故事。故事中的凶犯与盲人本就相识,且知道盲人性情怪僻,不易相信人。一日,凶犯在路上巧遇盲人,当他看到盲人右前方施工处有一个排水井时便故意高声对盲人喊道:"再往左侧靠一靠,不然就会掉到排水井里的!"而那位盲人不但不视其为善意提醒,反倒反驳道:"你这是故意骗我呢!"盲人说罢便特意朝着右侧走了过去。不幸的是,盲人掉入排水井中时撞到了致命之处。其二是关于罪犯故意指错方向,使伤者未能及时就医而死亡的故事。故事中的一名司机拉着一名伤者向罪犯询问医院的地址,而罪犯明明知道向右走就能到达一家著名的外科医院,却故意告诉司机应该向左走。司机按照凶犯指出的方向走了一段路后,到达的却是一家内科医院。最终,伤者由于治疗迟误而死亡。

西方的长篇推理作品中采用盖然性犯罪手法的作品有英国作家伊登·菲尔波茨(Eden Phillpotts)的《恶棍的画像》(*Portrait of a Scoundrel*)。这部作品中的罪犯之一为了达到间接害死某人的目的,先偷偷杀死了那人的幼子。由于罪犯与幼子无冤无仇,因此丝毫不用担心会遭到怀疑。而罪犯要害死的那人在此之前已经失去了妻子，孩子成为其生活中的唯一希望。此次幼子的丧命令那人万念俱灰，于是便破罐破摔，整日骑马外出冒险野游，终于不慎落马，丧命于山中。而罪犯则最终达到了间接杀人的目的。这部作品中的罪犯之二利用其医生的身份谎报病情，让一名患者误认为自己真的身患不治之症。而那名患者本就胆小、内向，身患不治之症的"事实"令其整日郁郁寡欢，最终选择自杀了却了生命。

　　西方的短篇推理小说中采用这一手法的作品有美国作家普林斯兄弟（杰罗姆与哈罗德）的《指男》。这部作品中的主人公是一名心理异常的罪犯，他从儿时起便深信上帝赋予了自己对其讨厌之人进行审判的权力。按照这名罪犯的说法，上帝是这样赋予其权力的："你作为人，未必不会犯下错误。因此，你只需要对那些你讨厌的人做出处罚即可，最终的决定权仍由我来掌控。"有了上帝的这份保证，该男子自幼年时期便开始行使起这份"特权"来，直至今日。七岁那年，他在夜晚偷偷将轮滑鞋放到楼梯上，目的只为杀死其乳母。大概在他的思维里，如果上帝认为其处罚得不对，则其乳母就能避开轮滑鞋，如果上帝认为其处罚是正确的，那么其乳母就会踩到轮滑鞋而从楼梯上跌落。最终，其乳母未能逃过厄运，落得个颈部骨折而死。

　　除此之外，这名男子还做出了其他各种各样的"处罚"。例如，该男子看到几名小女孩正在玩蒙眼抓人的游戏时，便悄悄将附近的一处排水井盖挪开，然后躲在一旁静观事态变化。果然，正蒙着眼睛抓同伴的一名小女孩不幸跌落井下身亡。上帝就这样接纳了那个女孩。再如，该男子将一名医生办公室的燃气阀偷偷打开，当医生抽着烟进入房间时，一团烈焰燃起，瞬间吞噬了医生。上帝就这样接纳了那名医生。又如，该男子还特别喜欢把地铁作为自己"处罚"他人的手段。具体而言，男子趁着上下班高峰时段故意将手中的提包丢到地上，行人稍不留神便被绊倒跌落到铁轨上，而后瞬时便惨死于车轮之下。不知道有多少男女在地铁站内就这样被上帝接纳而去。最后，该男子还曾潜入铁匠铺，偷偷松动了铁锤的手柄连接处。当铁匠再次抡起铁锤准备打铁时，沉重的铁锤没有砸向铁器却砸中了铁匠的脑袋。如此"处罚"之例，不一而足。

其他有关盖然性犯罪的作品还有很多，在此不再一一列出。仔细想来，所谓的"盖然性犯罪"在刑法学及犯罪学上也是一个十分有争议的课题。

[《犯罪学杂志》昭和二十九年(1954年)3月号]

第八章

无颜死尸

在『无颜死尸』的推理设定中，凶犯或通过毁坏受害者的面部使其不得辨识，或通过易容之术使受害者以看似他人的方式达到对己有利的目的。

在推理小说中出现的众多推理设定中，名为"无颜死尸"的推理设定自成一个系列。

在这个系列的推理设定中，凶犯或通过毁坏受害者的面部使其不得辨识，或通过易容之术使受害者以看似他人的方式达到对己有利的目的。这类犯罪手法时而在现实案件中也有出现，在推理小说中自然就更加常见了，特别是在推理小说并不那么发达的时期尤显突出。但是，时至今日，这一推理手法已经太过平常，以至于读者在作品中读到面部难以辨识的死尸情节时会立刻产生厌倦之感，因此这一手法现在已经被推理小说作家们疏远了。不过，也有一些作家突发奇想，在推理设定中先营造出死者被易容为他人之感，而实际上死者就是最初推定的那个人。这种创新看似新颖，但实际效果仍是索然无趣。

制造"无颜死尸"通常有两种方法。其一为使用钝器或药物毁坏死者面容使其不得辨识，其二为直接割断死者头颅，仅留下无头尸体在现场。当然，凶手在制造"无颜死尸"的同时，也不会忘记给死者换上他人的衣服，以进一步制造迷局。

但即使如此，一个人身上总是有些有别于他人的特征的。死者的家人，比如妻子，仅从死者身体上的某些特征就能辨识出自己丈夫的身份。因此，推理小说中出现的受害者大都具有丧失至亲、孤独无依的特点。

除此之外,这种推理设定还面临另外一个难题。那就是在指纹识别技术已经十分成熟的今天,如果受害者恰好有过前科,或其生前曾主动在警察那里留下过指纹,那么死者的身份将会很快得到澄清。即使警察那里不掌握死者的指纹,也可通过与死者家中器物上所附指纹相比对的途径得出死者身份有假的判断。因此,凶犯要想真正达到混淆视听的目的,不仅需要制造"无颜死尸",还需要破坏死者的指纹或直接把死者的手指切断。然而,这样一番操作无异于不打自招,自然达不到掩盖死者身份的目的。因此,"无颜死尸"这一推理设定在作品的实际运用中是颇有难度的。

不过,推理小说作家们并不放弃,他们想出了各种办法来化解"无颜死尸"这一推理设定在实际运用中面临的困难。例如,美国作家克莱顿·劳森的长篇小说《断项之案》中出现的一个女人由于面部受伤而用绷带将脸庞裹了起来,如此一来这女人的身份是真是假倒成了一个问题。我在长篇通俗小说《地狱的滑稽大师》中也用到了和《断项之案》类似的推理设定。也就是说,"无颜死尸"这一推理设定也可以用到活人身上,且无须使人面目全非,只要将面部遮掩便可达到同样的效果。一个有关面戴铁制面具的男子直到死于狱中,其真实身份也未被发现的"铁面人"传说的情节与这种推理设定也颇有异曲同工之妙。此外,还有通过做整形外科手术达到改变容颜目的的推理设定(如《总统的神秘阴谋》(*The President's Mystery Plot*)

及本人的《石榴》)。

而吉尔伯特·基思·切斯特顿的《秘密花园》(*The Secret Garden*)及克雷格·莱斯(Graig Rice)的《完美的犯罪》(*Having Wonderful Crime*)采用的则是另外一种变化方式。这类作品采用的是换头之术,即罪犯不仅把受害者的头颅割断,还将另外一人的头颅拿来以作替换之用。虽然这种情景只在古代的战争中出现过,但若在具体写法上下些功夫,一个像样的推理小说情节还是足以成立的。

日本的推理小说作家高木彬光对"无颜死尸"这一推理设定做出的改变独树一帜,其作品读来令人拍案叫绝。其处女作《刺青杀人事件》中的罪犯采用的并非换头之术,而是换身之法。罪犯之所以费尽周折隐藏死者的胴体,是因为死者身上有着极具辨识度的刺青。或许读者会问死者胴体虽换,但头颅仍在,如此岂不是白费功夫?事实上,作者早就为此做好了情节上的预设。在这一预设中,只要死者身上的刺青不为人知,即使面部是真人真相,罪犯也可全身而退。

话至此,我们需要探究一下"无颜死尸"这一推理设定的原型最早是由哪位作家发明的。自埃德加·爱伦·坡开创推理小说以来的百十余年里,将死者毁容以混淆视听的手法无数次出现在现实案件及小说创作中。在我收集的著名作家名录中,阿瑟·柯南·道尔、阿加莎·克里斯蒂、欧内斯特·布拉玛(Ernest Bramah)、约翰·罗德（John Rhode）、埃勒里·奎因、约翰·狄克森·卡尔、雷蒙德·钱德勒（Raymond Chandler）等人都在各自的作品中使用过这一推理设定。

那么，在埃德加·爱伦·坡之前有没有作家使用过这一推理设定呢？答案是有的。在埃德加·爱伦·坡创作出《莫格街凶杀案》之前，英国的文豪狄更斯即从1841年开始在周刊杂志上连载发表长篇历史小说《巴纳比·拉奇》（*Barnaby Rudge*），构成这部小说主线的就是"无颜死尸"这一推理手法。

在《巴纳比·拉奇》这部作品中，乡下一处宅邸的主人被杀，同时宅邸的管家和看门人也下落不明。警方一时难以判断宅邸主人到底是被这二人中的哪一人所杀。一个月后，警方从宅邸庭院的池塘中又发现了一具死尸。这具死尸虽然面部已经难以辨识，但从所着服装看，应是管家无疑。警方由此判断应是看门人杀害了主人和管家后逃之夭夭了。然而，真凶并非看门人，而是管家。原来，管家杀死主人正欲携财潜逃时被看门人发现，于是他便一不做二不休，又杀死了看门人。为了掩盖自己的罪行，管家给看门人穿上了自己的衣服，而后再换上看门人的衣服溜之大吉了。

人所不知的是，作为仅次于莎士比亚的英国大文豪，狄更斯还是个推理小说迷。英国之所以被称为世界首屈一指的推理小说王国，与这一自古有之的创作传统不无关系。《巴纳比·拉奇》并非纯粹的推理小说，而狄更斯在去世前不久开始创作的《德鲁德疑案》（*The*

Mystery of Edwin Drood）则是纯粹的推理作品。由于狄更斯生前未能完成这部作品，因此作品中的真凶到底是谁、真凶究竟使用了怎样的犯罪手法等都成了未解之谜。从狄更斯去世至今，后世作家们对这部作品留下的悬念争执不休，仅《德鲁德疑案》的《后续篇》就达二十余种。

然而，狄更斯也并非"无颜死尸"这一推理设定的开创者。话虽如此，我尚未找到有关这一手法开创者具体可信的佐证材料。我之所以敢于断言狄更斯并非开创者，是因为这一犯罪手法早在公元前就已经出现过。而自公元前至19世纪的历史长河中，出现相关创作手法的空白是难以想象的。只要潜心查找就一定能够找到蛛丝马迹，只不过我辈与18世纪以前的文学作品缘分浅薄，也不具涉猎之力与机会，因此只能暂时作罢。

我了解到的公元前有关"无颜死尸"（实际是"无首死尸"）的事例有两个。其一出现在被称为历史之父的古希腊作家希罗多德的大作《历史》第二卷的第121段［这部书已有日译本。青木严译，昭和十五年（1940年出版）］。

希罗多德虽然只是公元前5世纪的人物，但他在游历埃及途中从当地的老人口中得知早在公元前1200年时，埃及国王拉姆西斯四世的身边曾发生过"无首死尸"的故事。如此看来，这一犯罪手法的历史是足够久远的。

　　拉姆西斯四世是一位十分富有的国王,他为了保存巨量的金银财宝便命人在与其宫殿紧邻的一侧修建石库。国王没有料到的是,负责修建石库的建筑师心术不正,在修建过程中设法松动了石库墙壁中的一块石头,虽然表面看上去毫无异常,但只要用力即可将那块石头抽出。也就是说,建筑师制造了一个暗藏密道的"密室"。

　　建筑师并不急于从石库中偷取财宝,而是直到临终前才把两个儿子唤至枕边,并在他们耳边留下了遗言:"我在国王的宝库石壁上为你们二人留下了一条暗道。如果你们想成为腰缠万贯的富豪,那就潜入石库盗取国王的财宝即可,不会被任何人发现的。"然后,建筑师又在遗言中详细告知了他们那块石头的具体移动方法。

　　建筑师死后,他的两个儿子便按照遗言中的方法隔三岔五地潜入石库偷盗了为数众多的金银财宝。由于石库大门锁得牢牢的,因此并未引起任何人的怀疑。

　　突然有一日,国王下令打开石库,一番调查后发现众多金银财宝没了踪影。金银财宝竟然从门窗紧闭的石库中不翼而飞,这令国王百思不得其解(可视其为"密室推理"的朴素原型)。在此之后,国王又令人第二次和第三次打开了石库,结果发现每次都有新的财宝不翼而飞。于是,国王便心生一计,令人在石库中设下了圈套。

　　建筑师的两个儿子对石库中的变化自然毫不知情,不久他们故伎重演,潜入了石库。然而,就在他们刚刚进入石库不久,其中一人便陷入圈套,动弹不得了。另一人虽然想尽了办法,但终究未能解开圈套。最终,身陷圈套的那一人为了保全家世名声,令其兄弟割下他的头颅并带出石库。没了头颅,盗贼的身份自然就不能得到确定,也不会殃及兄弟二人的家人。无奈之下,另一人只得含泪照办,并在恢复石块至原状后携带着其手足的头颅仓皇逃回了家。(这便构成了"无首死尸"推理设定。)

翌日,国王进入石库查看时,惊愕地发现石库的门窗明明毫发无伤,但石库中的圈套却凭空套住了一具无首死尸。国王见未能达到目的,遂令人将这具无首死尸高悬于城墙之上,并派人监视过往行人,静待死者的近亲现身。然而,幸存下来的那名盗贼并不上当,反而巧施手段将其兄弟的尸体偷盗而去。国王得知情况后不禁为之愕然。无奈之下,国王便令公主住于娼妓家中打探每个嫖客的身世(希罗多德其著作中也表示国王的这一举动令人难以置信),寄希望于以此找到盗贼的下落。

幸存下来的那名盗贼在打探到了国王的计划后,不但没有躲藏反而故意去了娼妓家中。不过,在此之前盗贼已经想好了计策。他在前往娼妓家中时随身携带了一支从刚死不久的人尸体上截下的手臂。面对公主的盘问,盗贼丝毫不予躲闪,直截了当地承认自己就是国王要找的罪犯。公主一听大喜过望,立刻死死抓住盗贼的手臂以防其逃跑。然而,公主抓住的并非盗贼的手臂,而是盗贼携带而来的那支手臂。盗贼则利用公主以为大功告成而稍有松懈之机，趁着夜色逃之夭夭了。国王从公主口中得知事情的经过后不禁为那个年轻人的智慧所折服，遂表示不再追究此事，并把公主许配给了盗贼。这个故事虽然过程惊心动魄，但却留下了一个喜庆的结局〔这一假手臂的推理手法在法国电影《方托马斯》(Fantomas)中出现过。我在青年时代曾看过这一电影，其中假手臂的一幕给我留下了深刻的印象。受此启发，我在一部通俗长篇小说中也借用了这一手法〕。

第二个公元前的"无颜死尸"事例出现在另一名古希腊作家帕萨尼亚斯(公元前2世纪)的记录中。记录中的阿伽墨得斯和特罗丰尼乌斯据传是负责建造位于德尔菲的阿波罗神殿的两个建筑师。发生在此二人身上的故事几乎与上述拉姆西斯四世的故事如出一辙。他们同样在神殿的宝库中预留下了秘密通道，而后又有一人陷入了圈套，不得已之下只能断首以求自保。想来大概是古埃及拉姆西斯四世的传说传至希腊后再几经讹传被张冠李戴了吧。

顺便我还想说一说东方有关"无颜死尸"的实例。据传佛经中存在这方面的古老实例，但尚未得到考证。中国宋代，也就是公元13世纪初写就的《棠阴比事》中的"从事函首"一文同样妙趣横生。故事中的一豪强情迷于一商人之娇妻，遂掳商人之妻而去，并将另一无首女尸置于商人家中。如此一来，商人便蒙受了杀妻的不白之冤。不过，豪强所藏女尸的头颅最终被人发现，在将之与商人家中的女尸缝合后，发现二者竟浑然一体。由此，女尸并非商人妻子的事实得到澄清，豪强最终锒铛入狱。

这一故事后被中国明代的冯梦龙以"郡从事"为名收录入了其编纂的《智囊》中。此外，日本的辻原元甫的《智慧鉴》（主要内容为《智囊》的日译）也将这一故事收录其中。事实上，《智慧鉴》作为出版于日本万治三年（1660年）的原始推理小说，比井原西鹤的《本朝樱阴比事》还要早。

此外，我认为日本的《古事记》《日本书纪》《今昔物语》《古今著闻集》中应当也有"无首死尸"的故事，只不过尚未予以确认。目前已知的是后世的《源平盛衰记》的第二十卷"公藤介自害事"及第二十一卷"楚效荆保事"分别讲述的是中日两国的"无首死尸"的实例。只不过，二者作为犯罪手法的意味均十分淡薄，如"公藤介自害事"中的公藤介令其子斩断其首的目的不是为了欺骗，而是为了保全自身清誉。

［《侦探俱乐部》昭和二十七年（1952年）5月号］

第九章

变身愿望

我再把话题拉回马塞尔·埃梅的《第二张脸》这一作品上。该作品中出现的变身情节虽然并非出自商人自愿的想法,读者从我的简单介绍中也未必能够充分了解这一作品,但其中却真实体现出了变身故事的魅力所在。即使不是出自本心的变身故事,但一个与『变身愿望』绝缘的作者无论如何也写不出如此小说的。

　　我曾经想写一部有关人变身为书籍的作品。这一作品不是供大人阅读的短篇小说，而是青少年读物。具体而言，先请专家使用《大英百科全书》《世纪词典》等西方大型辞典，或日本平凡社出版的《百科事典》的封皮拼接起一个超大型的书壳，再将其扣到人的背上，就像顶着一具龟甲。然后，人再背着这具"龟甲"背朝外侧、曲足缩臂侧卧于书架之上。如此，从书架外侧看上去就像一部巨型辞典赫然在列，完全看不出其中藏着一个人。这一想法听上去确实有些荒诞无稽，但怪诞小说往往就是从类似这样的无稽之谈发展而来的。

　　事实上，我以前曾经写过一部有关人变身为椅子的作品。这部作品的原始想法虽然也十分荒诞无稽，但却趣味盎然。最终，我经过逐步锤炼，完成了这部内容有些夸张的小说《人间椅子》，在当时颇受好评。

　　人总是不甘于现状。英俊的国王有时会憧憬于自己变身为一名驰骋疆场的骑士，有时则神往于变身为一位美丽的公主。经常出现于通俗小说中的有关俊男靓女、英雄豪杰的故事恰恰抓住了读者的胃口，迎合了人们最为平凡的变身愿望。

　　说到愿望，孩子们的愿望是最异想天开的。与现今枯燥无味的童话不同，以前的童话总是充满了天马行空的故事，魔法师使用魔法或化人为石，或化人为兽，或化人为禽便是其中常见的情节。总之,变身好像是孩子们不变的愿望。

有关身形不过一寸大小的小矮人的虚构故事自古便有。日本的童话故事《一寸法师》讲的是主人公一寸法师以麦秆为鞘、衣针为刀、茶碗为舟云游天下的故事。日本江户时代的情色读物《豆男》讲的是一男子以仙术化身形为一寸大小后时而潜入美女怀中,时而潜入浪荡公子的袍袖内,尽览各种男女情事而不被发现的故事。相较之下,西方的情色读物虽与日本的有异曲同工之处,但却更加自由奔放。总之,正常人体对于小矮人来说虽如同起伏的山峦,但他却能以身形之便"踏遍群山,尽览风景"。

古希腊的一首诙谐诗有云:"我愿变作那浴桶的桶壁,去触摸我那心爱姑娘的肌肤。"日本也有一首类似的歌曲。从中可以看出,人们有时甚至想变身为浴桶。

如果说上述变身愿望是粗俗的,那么以下关于神佛的化身愿望则是尊贵的。神佛可化身为禽、化身为兽、化身为鱼,可以说无所不能。例如,神佛化身为浑身遍疮的乞丐以试探人们的反应,若有亲切待之者则授其以大富大贵。可以说此类变身故事反映出的是人们最为质朴的理想之一,也证明了人们对变身是何等的偏好。

正因如此,世界文学史上自古便存在以"变身记"为主题的作品,并形成了一个系列。如果能对这类作品作出历时性的考察必定十分有趣,但遗憾的是我并不具备如此学识与能力。我在最近一年左右倒是读了两部现代有关"变形"的作品，其一为弗兰兹·卡夫卡的《变形记》(*Die Verwandlung*)，其二为法国现代作家马塞尔·埃梅(Marcel Aymé)的《第二张脸》(*La belle image*)。不过，这两部小说均非关于主动变身的作品，而是关于被动变身后发生的悲惨故事。换言之，这两部小说是变身愿望的反向之作。

由于弗兰兹·卡夫卡的《变形记》已广为人知，因此在此不再赘言。而马塞尔·埃梅的《第二张脸》则属新作，因此有必要在此稍加解释。该作品于1951年由伽利玛出版社首次出版。我所读的版本是哈珀·柯林斯出版集团出版的英译本。该作品虽然独立成书，但从篇幅上看并不能称得上是长篇，只能算作一部中篇作品。

这部作品讲的是一个有家室有子女的中年商人有一天突然变身为一个二十多岁美男子的故事。商人起初并未发觉自己已经变身为美男子，直到其手持照片前往政府机构的服务窗口领取一份证明时才有所察觉。当商人把照片递给接待他的那位职员后，职员不禁一怔，在照片和商人脸庞之间打量了一番后问道："请问您是拿错照片了吗？""没有啊，这就是我的照片。"这一回答令职员觉得眼前的这个年轻人精神是否有些错乱。照片上的那人看上去显然有五六十岁，且头发稀少、皮肤松弛，一看便是一位极其普通的中年男性。而眼前站着的却是一位二十来岁的青春美男子。职员不禁暗自猜测这个年轻人不是在戏弄人，就是精神出了问题。左右思忖之下，职员作出了后者的判断，于是便一番安慰把商人打发了回去。而商人仍不明所以，满腹狐疑地往回走，当其路过一处沿街商店的玻璃橱窗时，愕然发现橱窗中的人影竟然是另一副模样。商人起初以为自己看花了眼，但几经确认后发现那人影确实是自己无疑。至此，商人才确信自己已经变身为一个完全陌生的年轻美男子。若从"变身愿望"的角度看，这应该是一件令人大喜过望的事情，但对于一个有家财、有地位、有爱妻、有爱子的普通人而言不仅不是什么高兴事，反而陷入了极度不安的情绪中。如果一个半生孤独的虚无主义者，或作奸犯科者遇到这样的事情自然是欣喜若狂的，但一个生活在现实社会中的商人怎么能高兴得起来呢？商人甚至对返回家中感到了恐惧，因为他意识到在这种情形下他是得不到妻子的认可的。

无奈之下，商人只得去了朋友家，没想到他的一番解释并没有换来朋友的信任。在活生生的现实世界中有谁能相信一个只有童话中才会发生的变身故事呢。而且，由于商人的这个朋友是位诗人，对"一人两角色"的犯罪手法十分熟悉，因此他不仅不相信，心中反而升起了一团疑云。他怀疑眼前的这个年轻人是在软禁或杀害了商人后妄图假借商人的身份巧夺钱财。

话至此，我要再谈一谈有关推理小说的话题。马塞尔·埃梅虽然并非推理小说作家，但其作品中却不乏推理的元素。如果将谷崎润一郎的作品《有田与松永的故事》，或者我的短篇小说《一人二役》中的情节反向考虑的话，便与马塞尔·埃梅的创作思路不谋而合了。

　　商人一时陷入了身份得不到承认的困境。此时的商人实在拿不出以一个无名年轻美男子的身份重走人生路的勇气，因为其财产、其爱妻、其爱子都令商人眷恋无比。穷途末路之下，商人突发奇想，想到了一条妙计，他打算以别名租借并住进其妻子所居建筑同层的另一套房子，而后向其妻子发起爱情攻势以再次获其芳心。由于现实中的商人已经不存在，因此商人并不担心其妻子因此而被人说三道四。商人寄希望通过这一方法重新与妻子结婚，恢复原来的家庭生活。这一计划在商人看来俨然是背水一战了。

　　于是，商人接下来便以全新的身份与妻子又一次坠入了爱河。事实上，我的旧作《一人二役》及《石榴》中也出现了类似的情节，这可以说是我最感兴趣的写作手法之一。商人的妻子本就是一名美女，且平日即稍稍有些轻浮，因此商人的计划很快便取得了成功。然而，计划的轻松达成却令商人五味杂陈，因为他突然意识到妻子事实上已经背弃了先前的丈夫，而引诱妻子的人不是别人恰是商人自己。年轻美男子这一身份带来的喜悦与中年前夫的愤怒交织在一起，这令商人纠结不已。

　　这一不义之恋自然不能让孩子及邻居知道，因此他们只得在远离住所的其他地方相约。然而，事不凑巧，有一日，商人的那位诗人好友恰好看到了他们二人携手而行的亲昵之态。而商人也在同一时间看到了他的这位诗人好友。四目相对之下,商人立刻从表情中读懂了诗人好友内心的所有想法。商人断定他的这位好友一定把自己看成了心怀诡计的坏人,一定认为自己是通过花言巧语骗取了商人妻子的芳心,一定认为自己的目的在于谋财夺妻。商人考虑到自己已经失踪一周有余,这一定会令诗人好友认为自己已经被那个衣冠楚楚的年轻人所害。商人的直觉告诉自己他的这位好友一定认为事态已经极其严重了,到了不能坐视不管的地步。商人意识到他的诗人好友接下来一定会向警方报案。

左思右想之后,商人决定携妻出走。虽然携妻出走需要编造出各种理由,但商人觉得有信心说服妻子。然而,就在这一紧急关头,商人突然从年轻美男子变回了中年商人的身份。这一变身发生于商人在食堂用餐后打盹儿之际,就在商人昏昏欲睡时,突然一个激灵醒了过来,随后便察觉到自己回到了原来的状态。商人再次陷入了矛盾的情绪之中,他在感到一阵轻松的同时也为那个自己下定决心却未能实施的冒险计划惋惜不已。

这次,商人放心大胆地回到了家。当妻子问他这几日的去向时,商人便以紧急赴海外处理生意为由搪塞了过去。而那名年轻美男子则再也不见了踪影,照理说商人自此应该可以重新开始如前的夫妻生活了,然而商人的心境却发生了奇妙的变化。原来,商人虽然恢复了原来的身份，但却亲身体会到了妻子的不忠，这令商人的心情久久得不到平复。妻子三缄其口，像是没发生过任何事一样，表现得像个未接触过任何其他男人的贞洁人妻。而商人也不露声色地观察着妻子，其内心与其说充满了对妻子的憎恶，倒不如说是对自己的可怜。由于奸夫就是自己，因此商人不仅发不起什么脾气，反倒从中感受到了一种异样的趣味。这种趣味大概是由那场虚幻的变身经历带来的异样心理状态吧。我对这种虚幻的变身故事是极为称赞的。

　　我读过的马塞尔·埃梅的另一部英文版作品也非常有趣。作品中的一个普通职员的脑后有一日突然生出了佛光（即众神佛身后常见的光环）。这本应是神佛对这位虔诚的职员的一种嘉奖，但却给这位职员的生活带来了极大的困扰。自从脑后有了这道佛光，职员每次出门便频遭嘲笑，于是便索性深居简出了。然而，逃避总不是个办法，于是这位职员便找了一顶大帽子戴在头上遮住了佛光，甚至在公司的办公室也从不摘帽子。然而，这个办法毕竟只是权宜之计，职员所到之处皆遭人耻笑，甚至还常常被妻子骂得狗血淋头。神佛赏赐的荣光反倒成了对职员的诅咒。无奈之下，职员决定有意行凶作恶以激怒神佛，为的只是让脑后的佛光快快消失。职员从撒谎开始逐步加重了自身的罪恶，然而那佛光却依然紧随其后。于是职员便继续作恶，但纵令其犯下滔天大罪却怎么也不见佛光消失。

这就是这部作品的梗概。马塞尔·埃梅的这两部作品均充满趣味，他的其他作品应该也值得一读。

貌似有些跑题了，我再把话题拉回马塞尔·埃梅的《第二张脸》这一作品上。该作品中出现的变身情节虽然并非出自商人自愿的想法，读者从我的简单介绍中也未必能够充分了解这一作品，但其中却真实体现出了变身故事的魅力所在。即使不是出自本心的变身故事，但一个与"变身愿望"绝缘的作者无论如何也写不出如此小说的。

事实上，"变身愿望"是普遍存在的，这从人们的化妆行为中便可见一斑。化妆其实就是一种轻微的变身。我在少年时期与伙伴一起玩游戏时曾借来女性和服，端坐于梳妆台前一番梳妆打扮，其中的化妆过程带给我的不仅有愉悦之情还有惊奇之感。如此说来，演员便是"变身愿望"的职业化人群，他们每一天都能够在不同的角色中变来变去。

推理小说中出现的"变装"故事发挥的作用便是满足了人们的"变身愿望"。作为一种推理设定，"变装"虽然已极少再出现在推理小说作家的视野中，但"变装"本身仍魅力不减。变装小说的巅峰之作当属有关通过整形之术完全改变容貌的作品，其中的代表作品为战前安东尼·艾伯特（Anthony Abbot）提议下合作出版的《总统的神秘阴谋》（*The President's Mystery Plot*）。本书将在后文对此作出详细描述，因此在此不做过多解释。总之，通过整形手术是完全能够彻底改变人的容貌的。这其实就是当代的忍者之术，也是当代的遁形之术。从这一意义而言，"变身愿望"也可延伸至"遁形愿望"。

[《侦探俱乐部》昭和二十八年(1953年)2月特别号]

第十章

异样的犯罪动机

能为人理解和接受才是最好的动机预设，并且，越单纯的犯罪动机越容易被人接受。由于杀人是人类最为原始的心理冲动引发的行为，因此一部小说的情节无论多么复杂微妙，尽可能单纯明了且强有力的动机设定才是聪明的做法。

　　毫无疑问,犯罪动机在推理小说的逻辑预设中是非常重要的。一般而言,在推理小说的逻辑预设中,一旦犯罪动机真相大白,那么犯人往往也就水落石出了。因此,自古推理小说的作者会绞尽脑汁隐藏作品中的犯罪动机以防被人轻易识破。甚至有不少作者会设定一些超乎常人想象的犯罪动机,他们除了设定一些常见的推理环节之外,还会在犯罪动机本身上设定层层玄机。

　　然而,令人颇感不可思议的是,塞耶斯(Sayers)、范·达因、汤姆森(Thomson)、海克拉夫特(Haycraft)等推理小说作家在推理小说的相关理论著述中却并未特别提及犯罪动机,仅有卡罗琳·威尔斯、弗朗索瓦·福斯卡分别在其著述中略有触及。卡罗琳·威尔斯所著《推理小说的技巧》(1929年修订版)一书的第二十三章的标题虽冠以"动机"二字,但却仅有区区两页,其论述自然极其粗略,在此仅节略如下:

　　　　常见的犯罪动机无外乎金钱、情欲及复仇。若再细分之,则有憎恶、嫉妒、贪欲、自保、功利心、争夺遗产等,即人的所有情感均在此列。

　　　　当然,极为罕见的超乎寻常的动机也偶有所见。例如,亨利·基彻尔·韦伯斯特(Henry Kitchell Webster)的作品《私语者》(*The Whisperers*)中的杀人狂、伊斯雷尔·赞格威尔的作品《弓区大谜案》中的奇妙动机均属此类。不过,这些终究只是个例,能为人理解和接受才是最好的动机预设,并且,越单纯的犯罪动机越容易被人接受。由于杀人是人类最为原始的心理冲动引发的行为,因此一部小说的情节无论多么复杂微妙,尽可能单纯明了且强有力的动机设定才是聪明的做法。

只要情节允许,动机的时间间隔就不要设定得太过久远。像阿瑟·柯南·道尔的《血字的研究》(A Study in Scarlet),以及安娜·凯瑟琳·格林(Anna Katharine Green)的《手和戒指》(Hand and Ring)那样的长篇小说,最后的犯罪动机却还要追溯到三十年甚至四十年前,这就太让人费解了。这两部作品的其他方面均属推理小说中的上乘,但唯独在动机的设定上让读者陷入五里雾中,这可以说是二者最大的欠缺之处。

我大体上是同意卡罗琳·威尔斯的看法的。也正是基于这种想法,我基本不会把犯罪动机置于推理环节中。但是,由于普通意义上的推理创意变得愈发困难,因此推理小说作家开始把推理的设定对象转到了犯罪动机上来。一般认为,吉尔伯特·基思·切斯特顿及阿加莎·克里斯蒂是早期推理小说家中最为重视犯罪动机创意的代表人物。最近甚至出现了不重视推理犯人,而重视推理动机的推理小说,犯罪动机正在成为推理小说最为重要的要素。

卡罗琳·威尔斯在上述文中指出了金钱、情欲、复仇三种犯罪动机,但这显然是不充分的。弗朗索瓦·福斯卡在《推理小说的历史与技巧》(长崎八郎译,育生社发行,1938年)一书第九章的开头以表格的形式对犯罪动机做了更为精细的分类,在此转述如下(该书第九章并未冠以"动机"二字,只是在文中列出了犯罪动机,且未作特别说明):

一	情热犯罪(恋爱,嫉妒,憎恶,复仇)
二	利欲犯罪(贪欲,野心,利己性稳定)
三	发狂犯罪(杀人狂,性变态)

威尔斯对上述第三种犯罪动机并未给予重视,但却为众多作家所运用,因此也是不容忽视的。由于翻译的准确性问题,以及并无原著可供参考,因此上述第二种犯罪动机括号中所列"利己性稳定"的真正指向并不明确,大概指的应该是为保护自我安全的防卫之意吧。如杀掉自身犯罪经历的知情人,以及先下手为强,杀死对自己图谋不轨者的行为应属此类。

为了下文表述方便起见,笔者对上表做了一些完善和补充,具体如下:

一	情感犯罪(恋爱、怨恨、复仇、优越感、劣等感、逃避、利他)
二	利欲犯罪(物欲、遗产问题、自保、守密)
三	异常心理犯罪(杀人狂、变态心理、为犯罪而犯罪、游戏性质的犯罪)
四	信念犯罪(基于思想、政治、宗教等信念的犯罪,迷信产生的犯罪)

　　弗朗索瓦·福斯卡给出的第一项被翻译为"情热犯罪",虽然其涵盖的多为冷血无情的、有计划复仇性质的犯罪,但"情热"一词用在此处仍有些失当,相较而言,"情感犯罪"这一说法更具包容性。此外,我在福斯卡的基础上增加了第四项——"信念犯罪"。政治犯、疯狂信仰者的犯罪,以及基于特殊信念的犯罪并不属于前三项动机的任何一个,因此我又单独列出了一项。至于列出该项的原因,首先,该项目下的秘密政治结社或地下宗教成员的杀人行为虽常常出现在谍战小说中(范·达因在《推理小说二十则》第十三条中是将秘密结社的犯罪排除在外的),但在推理小说中的实例却也不在少数。其次,"迷信产生的犯罪"是推理小说较多采用的另一种动机。基于这些考虑,笔者认为增加第四项还是必要的。

　　上述四项中第一项的"优越感、劣等感、逃避"三种动机在实例中体现得十分有趣,因此笔者想多花一些笔墨做点儿解释。

优越感与劣等感的犯罪动机

　　一些推理名作中经常出现两种大的犯罪动机,即证明自身优越的犯罪动机与因自身的劣等感而展开复仇的犯罪动机。

　　优越感与劣等感是对孪生兄弟,也像剑之双刃。如果一个人不经证明就了解不到自己的优越之处的话,那么这也意味着其潜意识中存在着某种劣等感。也就是说,这种优越感是建立在对劣等感的征服的基础上的。司汤达(Stendhal)的《红与黑》(*Le Ronge et Le Noir*)及保罗·布尔热(Paul Bourget)的《弟子》(*Le disciple*)中主人公身上的优越感与自负背后潜藏着的是生于社会底层家庭的劣等感。虽然优越感与劣等感如剑之双刃般如影随形,但推理小说中的二者却泾渭分明,有些作品中仅呈现出优越感,有些作品中则只显露出劣等感。前者的代表之例有乔治·西默农(Georges Simenon)的《一个人的头》(*La tête d'un homme*)中出现的罪犯心理。该作品中出现的犯罪行为可以视为罪犯在极度贫困与身患不治之症状况下对富人阶级的嘲弄。罪犯身上的劣等感与优越感被巧妙地交织在了一起。范·达因的《主教杀人事件》(*The Bishop Murder Case*)中罪犯的连环杀人行为并非源于仇恨或利欲,而是完全基于优越感。话虽如此,该罪犯并非只有优越感,其劣等感在于因年高体衰而丧失了从事学术研究的能力。此外,伊登·菲尔波茨的《雷德梅恩一家》(*The Red Redmaynes*)中出现的犯罪行为中虽然也伴随有利欲,但更多的是罪犯作为社会生活中的弱者想在犯罪的世界里证明自身高傲的优越感这一心理在作怪。

而侧重描写劣等感的代表作有埃勒里·奎因的《Y的悲剧》(*The Tragedy of Y*)。该作品中出现的一位丈夫因受到妻子百般折磨而对其妻心生杀意,但终究没有勇气付诸行动,于是他便将自己精心策划好的弑妻计划写成一部小说,而后却选择了自杀。然而,不巧的是这位丈夫留下的那部小说被家中的孩子读到。之后,天真无邪的孩子竟然按照书中的计划杀死了那位丈夫的妻子。这虽然在表象上形成了丈夫于死后对妻子复仇的结果,但其实却是丈夫对自身心理上的劣等感的复仇,且其缺乏付诸实际行动的勇气,仅以小说的形式来寻求内心的安慰。

另一个有关劣等感的作品为英国的一部长篇小说。该作品讲述的是有数十年友情、未发生过一次不愉快经历的一对好兄弟之间的故事。虽然二人之间看似亲密无间,但其中的一人却在秘密策划杀死对方。从动机上而言,密谋杀人者并不存在任何普通意义上的复仇动机。此二人虽自青少年时期便有着相同的境遇,但受害者却时时处处都要高出一筹,这令另一方无时无刻不处于配角的角色。时至中年,二者的身份逐渐拉开了距离,受害者一方成了腰缠万贯的富豪,且拥有令人仰视的社会地位。而另一方虽衣食无忧,但却在所有事情上均受制于人,甚至其住所也是由受害者以低价租赁提供的。虽然二人常常并肩狩猎、一同运动,看似亲密无间,但密谋杀人者感受到的却是主人对家从的压迫感,不敢对主人有任何冒犯。于是,多年的劣等感成了他唯一的杀人动机。最终,该男子通过精心策划成功杀死了对方,并且制造了能证明自己不在杀人现场的证人,从而未受到任何怀疑。二人虽是令人羡慕的情如手足的好友,但终究也只是好友关系,一方的死亡并不能为另一方带来任何物质上的利益。因此,任何人都没有料到对好友身亡悲痛欲绝的好兄弟会是杀人真凶。由以上描述可见,这也是一部把意外动机用于推理设定的作品。

此外,美国一位著名作家的短篇推理小说描述了如下故事。故事中的一个青年受雇于某一实业家,担任秘书一职。这一青年在工作中逐渐意识到实业家眼中的自己只不过是其雇佣而来的一台工作机器,感受不到人与人之间情感。长此以往,青年心中的劣等感愈发严重,遂产生了对其雇主的杀意。最终,青年策划了一个大胆且周密的计划,不仅杀死了实业家,也制造了能证明自己不在案发现场的证人。这一青年的杀人行为并不掺杂任何物欲,与普通意义上的复仇也有所不同。如此犯罪行为抛开劣等感与优越感的框架是难以得到解释的。

最后,英国的一位非著名作家还写就了一部有关"无动机杀人"的别样短篇小说。当然,严格来说,这部短篇小说出现的犯罪行为也并非绝对的无动机,而是其动机超越了常识。故事中的一个颇有文艺风格却生活潦倒的贵族在富豪邻居的怂恿下偷窃了一位青年的发明创意。而后,贵族通过生产该发明产品一夜暴富。按照常理而言,贵族应当对那位富豪邻居的"好意怂恿"心怀感念才对。然而,随着年龄的增长,贵族逐渐觉得若没有富豪邻居的怂恿,自己便不用终生承受精神上的痛苦折磨。因此,贵族即使非常清楚是自己主动听从了富豪的建议,却对富豪怨恨不已。贵族心中的这一怨恨与日俱增,以至于有一日当其以好友身份走进富豪房间时于"冲动"之下拔枪射杀了富豪。当然,"冲动"只是表象,贵族并没有留下任何作案线索。与前述作品中的案例一样,该故事中的贵族与富豪平日亲密无间,从未有过争吵,从贵族身上同样找不到任何可疑的犯罪动机。因此,这一案件自然成了难解之谜。不过,与其说这个故事中的罪犯是因劣等感而行凶,倒不如说是在极端的利己主义下而杀人更为准确。

逃避的犯罪动机

上述作品讲述的故事也可以说是出于逃避痛苦目的的犯罪行为,而以下两位作家创作的则是纯粹为逃避而逃避的犯罪故事。其一为美国前总统罗斯福(严格讲并非作家),其二为英国的悖论小说家吉尔伯特·基思·切斯特顿。二者的作品皆以犯罪故事为外衣,但却并非真正的犯罪行为,读来妙趣横生。

推理小说作家安东尼·艾伯特担任《自由报》(*Liberty*)记者时经常拜访罗斯福总统。由于罗斯福是出了名的推理小说爱好者,而艾伯特又是作家,因此二人之间经常探讨有关推理小说的话题。一次,艾伯特向罗斯福提议:"既然总统如此喜欢推理小说,何不亲自创作一部作品呢?"对此,罗斯福回答:"我公务繁忙,哪里有闲暇写作。不过,我倒是有一个很好的创作思路,不如将其交由专业的推理小说作家代为写作如何?"闻听此言,艾伯特大喜过望,遂动员范·达因等六名推理小说作家在罗斯福总统提供的思路下,分工合力创作了一部长篇推理小说,即《总统的神秘阴谋》。在这部作品出版之际,罗斯福作为作品的策划人,其大名赫然印于小说的封面之上。

罗斯福总统提供的创作思路是十分有趣的。基于这一思路创作出来的推理小说是以大政治家或大实业家内心中脱离凡尘、隐身世外的潜在愿望为中心而展开的。

概而言之,罗斯福总统提出的是一个关于一男子希望从现有的生活环境中彻底逃离出去的创作思路。具体来说,一名实业界著名的百万富翁厌烦于目前的生活状态,希望远遁他乡以一个全新的身份开启另一段生活。然而,百万富翁并未完全断绝尘缘,他既希望与家人、亲戚、知己、社会地位一刀两断,获取重生,又想携款而去。当然,百万富翁并不希望将全部钱财携带而去,而只是携带其中的一部分。假设富翁拥有七百万美元的财产,他希望给家人留下二百万美元以作为生活费用,自己则带走剩下的五百万美元。百万富翁期待过上一种家人或朋友完全不能觅其行踪的生活。

应当说上述愿望存在于很多大政治家及大实业家的潜意识中,

而这一创作思路由罗斯福总统提出也是颇有些耐人寻味的。事实上，东方思想中自古便有这种元素。例如，历史上位高权重者逃离现世，归隐山林的事例屡见不鲜。除了位高权重者外，历史上的普通隐士也不鲜见。在东方思想中，一个脱离凡尘的隐士是不染铜臭的，而美国的逃避现实者却要携大部分财产而去。如此看来，美国不愧是一个现实感十足的国度。既想开始全新的生涯，又要携款而去的做法只能说是一种积极的重生，并非合格的隐士行为。也正因如此，这种逃避是很难实现的。一个声名在外的实业家如果放弃全部财产，只身远赴南美或澳洲，以穷困潦倒的身份谋求重生的话或许并不难，但若其携带五百万美元而去，则必然要留下蛛丝马迹。即使将这笔巨款兑换为宝石，终究也是需要再次将其换成钞票的，而这一过程必然为人察觉。如何将这一过程做到天衣无缝，免除后顾之忧，大概只有犯下惊天大案的极端智慧者才能做到。而这恰恰是罗斯福总统向六位作家提出的课题。那么，这六位作家最终给出了怎样的解答呢？

《总统的神秘阴谋》这一作品我早有收藏，但由于是六人接力之作，因此起初并未引起我的阅读兴趣，只是读了读其序言部分。后来，我为了写作本文，终于读完了全书。不料，这本书竟比我想象的要有趣得多。由于刚刚读完，对此书内容仍记忆犹新，因此即使以下文字稍显冗长，不免有失衡之感，但我还是想在此详细介绍一下这部作品。

　　这部作品的六名执笔人分别为鲁珀特·休斯（Rupert Hughes）、塞缪尔·霍普金斯·亚当斯（Samuel Hophins Adams）、安东尼·艾伯特、丽塔·韦曼（Rita Weiman）、范·达因、约翰·厄斯金（John Erskine）。六人按照上述顺序依次执笔，最终汇总成了一部长篇小说。第一部分的执笔人鲁珀特·休斯在作品开头首先定格了主人公的境遇，即主人公是一名开设有私人律师事务所的中年男子，其财产已积累至七百万美元（美国的律师是完全有可能成为百万富翁的）。律师的妻子是一名俄罗斯美女演员，其选择与律师结婚的目的只有一个，那就是钱。这位美艳妻子不甘寂寞，背着丈夫与一位运动员暗通款曲。律师得知妻子的不忠行为后遂向妻子提出了离婚的要求，而妻子自知不能失去律师的财产，因此便以自杀相逼，坚决不同意离婚。如此纠缠之下，律师逐渐对当下自身的境遇产生了厌烦情绪（或许还有其他原因），于是便下定决心换个身份开启一段全新的生活。既然决心已定，律师便着手准备了一个长期计划。（在我看来，鲁珀特·休斯对主人公境遇的定格是有违罗斯福总统的原意的。罗斯福给出的命题是一名位高权重者因厌倦了声名地位光环笼罩下的无聊生活而选择了逃避，而把夫妇矛盾作为逃避动机显然小看了罗斯福作为总统的内心世界。）

　　律师逃避计划的第一步是以化名向腹语师拜师，在一隐蔽之所花了半年时间学就了腹语之术，做到了能够模仿任何人的说话声音。（这一变声之术即声带模仿，若在日本更应向口技师学艺，而非腹语师。）

继鲁珀特·休斯之后的执笔人为塞缪尔·霍普金斯·亚当斯。亚当斯沿着前者的思路，在作品中安排主人公拜师演员，花费数月之久练就了如何模仿他人的表情、手势、走姿等所有身体姿势。紧接着，律师又花了一个月的时间通过一家转卖商悄悄地将手中五百万美元的股票换成了现金。

作品的第三部分由安东尼·艾伯特接手。艾伯特不愧是该接力之作的提议者，其写作力度明显有别于其他人，因此这部分也是我要重点介绍的。艾伯特笔下的主人公决定接受全身整形手术，不仅改变容貌，还要改变整个体型。然而，整形后的主人公若以一个完全虚构的身份携带五百万美元从事一份新工作、开启一段新生活的话是很容易被人怀疑的。为了化解这一忧虑，主人公花钱请了一家私人侦探公司为其物色一个可供自己顶替身份的人物，并提出了以下条件：这一人物应是一名隐退了的资产家，独身、无亲无故、身患心脏病且余日无多。主人公提出的条件固然苛刻，但在美国这个拥有广袤土地的国家，找到一个完全符合要求的人物也并非绝对不可能。那家私人侦探公司没有令主人公失望，最终在某地的一家医院内找到了一个完全符合要求的已病入膏肓的人物。主人公大喜过望,遂亲自前往那家医院约见了那个病人,并以替其找到并照顾失踪的胞妹为交换条件,买去了那人的详细履历。而后,主人公与这位心脏病人一起住进了远离纽约的一个偏远小镇的整形外科医院内。

这家整形外科医院的院长虽然医术高明,但其医院建筑已有些破败,正苦于缺钱整修。于是,主人公便以出巨资整修医院为条件,成功换取那位院长在不问任何问题的前提下为其做全身整形手术。当然,主人公在进行上述所有交涉过程中均隐匿了其真实身份。接下来,主人公便以那位心脏病人为整形目标,要求医生参考那位心脏病人患病之前的照片等资料,将自己整形为心脏病人健康时的形象。在此后长达一年的时间内,通过医生的努力,主人公不仅改变了发色、发型及发际,也修剪了眉毛、变更了眼睑,并取身体他处之骨改变了鼻子、下颌及脸颊的形状,还改变了嘴型及耳形,甚至削骨使耸肩变成了垂肩。总之,主人公从头到脚都做了整形,完全变成了另一个人。

隐形衣愿望

在此,我想说句题外话。童话故事中有一个关于"隐形衣"的故事,穿上隐形衣后,他人就无法看到自己。因此,一个人在隐形衣的遮掩下，可以随意做恶作剧，可以任意作奸犯科而不被人察觉。这可以说是人类数千年来的梦想。这一梦想演变为童话故事散布于世界各地。此外，西方作家赫伯特·乔治·威尔斯（Herbert George Wells）的《隐身人》（*The Invisible Man*），日本战国时期的著名忍者猿飞佐助的忍术中都包含着人们的这一梦想，吊足了人们的胃口。隐身衣不仅为善民所期待，更是恶人的梦中之物。一个人只需要有此一件宝物，那么"不可能"一词便会从他的人生字典中销声匿迹。

艾伯特的创作中出现的整形外科手术其实就是一种科学化了的隐形衣。事实上，罗斯福总统在命题中也提出了有关使用"隐形衣"的要求，这反映出其潜意识里存在着强烈的"隐形衣愿望"。艾伯特对总统的这一愿望深表认同，遂以整形外科手术的创作手法进行了回应。

其实，我也有着强烈的"隐形衣愿望"。我以前的多部作品中均出现的"偷窥心理"也是我内心这一愿望的一种折射。例如，《天井背后的散步者》（日文名《屋根裏の散步者》）中描述的一个人在天井这一"隐形衣"的掩护下做尽坏事的故事，以及《人间椅子》中描述的在"人形椅子"这一"隐形衣"的遮掩下谈情说爱的故事都是"隐形衣愿望"的不同表现形式。我之所以执迷于美国作家杰克·伦敦（Jack London）的作品《光与影》（*The Shadaw and the Flash*）及赫伯特·乔治·威尔斯的作品《隐身人》，是因为受到了日本作家黑岩泪香的《幽灵

塔》及《白发鬼》的影响。我在自己的作品中再三采用类似手法也源
于这一愿望。

说到黑岩泪香,他的《噫无情》《岩窟王》《白发鬼》《幽灵塔》等作
品中无不透露出"隐形衣愿望",这一点别有一番深意。《噫无情》中
的一个犯有前科者华丽变身为大工厂主,《岩窟王》中一个本该早已
化为海底藻屑的越狱犯忽而以王者身份再现,《白发鬼》中的一个从
墓地苏醒而来的男子变换身份后与原妻再度结婚等等故事无不紧
扣读者心中强烈的"隐形衣愿望"。我们在少年时代对这类作品心
醉不已的理由多半是源于这种潜意识吧。

而《幽灵塔》中出现的老科学家通过电流作用自由操控女主人
公容貌的故事多有魔术手法之嫌,并未出离童话故事的范畴。艾伯
特则将这一手法进行了近代化和科学化。我自己也模仿《幽灵塔》
中的手法创作过一部作品,并在外科易容的写法上更加科学化了一
些,同时还附加了与艾伯特相近的说明性文字,但由于我在外科手
术方面的知识匮乏,几乎是根据常识而写就的,因此完全不能与艾
伯特的详细描述相提并论。此外,我在作品《石榴》中也采用了这一
手法,并对外科整形手术做了一些描述,但仍在引证上与艾伯特相
差甚远。不过,这也并不是说艾伯特的相关描写有多么完美,若充
分收集资料,毕其功于一役,应该可以将整形外科手术的过程描写
得更加科学和详细。如此,一个现代版的"隐形衣"便可从理论上得

以完成了。

艾伯特在创作中用到的一个外科整形术是我始料未及的。我听说最近出现了一种将轻薄玻璃隐形镜片或合成树脂隐形镜片贴于角膜替代传统框架眼镜的技术,而艾伯特早在1935年便在《总统的神秘阴谋》这一作品中将这一技术用到了有关整容的写作环节中。一个人的容貌不管如何改变,只要他的眼睛一如往常,那么还是很容易被人识破的。而如果能够对一个人的眼部作出改变,那么即使其他部位一如既往,也是很难令人辨识出来的(与赏樱花时用到的假睫毛起到的效果类似)。如果能在眼睑下植入一枚薄薄的玻璃体,那么就可以自由改变眼睛的颜色及瞳孔大小,从而成功化解眼部整形这一最大难题,发挥出其他部位难以比拟的易容效果。因此,艾伯特真可谓"慧眼识珠",想到了如此以一持万的整容手法。

然而到了第二次世界大战前后,出现于上述作品犯罪故事中的外科整形术已经在现实中得到了应用。日本岩谷书店于昭和二十五年(1950年)三月出版的索德曼(Söderman)与奥康奈尔(O'connell)的合著《现代犯罪搜查科学》第105页的"整形外科及犯罪鉴别"一项中即列举出了有关利用外科整形术的犯罪实例,在此仅节略如下:

> 虽然第一次世界大战前已经有了关于外科整容实例的报告,但自"一战"以来,登于报端的相关报告仅有寥寥数件。据

推测,著名罪犯乔治·德林格(John Dillinger)应该接受了面部整形。所展示的分别为德林格手术前后的各两张面部照片。稍加对比便可发现,其面部所做整形十分有限。毋庸置疑,在一个医术高明的整形外科医生的手术刀下是一定能够达到惊人的整容效果的。但是,如果一个罪犯并未下定决心彻底切断与周遭的关系,打算重启全新人生的话,那么其所做的整形几乎是无价值的。这一方法不易取得成功的理由主要有二。其一为要对一个人的面部作出足以欺人耳目的改变并非易事,即使做到了也将长期留下手术的痕迹。其二为在一片完全未知的新天地定居下来面临着重重困难,起码在手术痕迹完全消失前长期逗留于陌生之地就是不现实的。

不过,这类困难对《总统的神秘阴谋》中的那位百万富翁构不成任何障碍。首先,这位主人公对定居于陌生之地是充满期待的。其次,整形的彻底与否取决于犯人在整形手术上花费金钱的多少及时间的长短。如果相关条件能够克服所有困难(取得医生的同意、做好长期手术的心理准备、避开世人、医生永久保守秘密)的话,那么达到的整容效果将远远超过上述警察列于报端的犯罪实例中的罪犯。或许,现实中早有罪犯通过夸张的整形手术成功地骗过了人们的眼睛,只不过我们不知道罢了。

题外话有些过于冗长了，接下来我继续描述《总统的神秘阴谋》中那位律师整形的故事。从那位承担变身对象角色的心脏病患者病亡于那家整形外科医院的时刻起，主人公便完成了身份的转换。自此，主人公完全变成了那位心脏病患者。而那位真正的心脏病患者的尸体则被就地埋葬，其墓碑上镌刻的姓名为主人公此前使用的化名。

第四位执笔人丽塔·韦曼着重描写了主人公如何采取手段将自身从这个世界上抹杀的过程。虽然主人公通过整形外科手术彻底改变了容貌，但只要纽约的那位下落不明的律师未被确认死亡，那么人们就会认为律师仍然活着。因此，主人公便想通过伪造尸体的办法达到使自己销声匿迹的目的。具体而言，律师再次雇用了一名私人侦探，并以化名令其去物色一个债台高筑、身染不良习惯的医科学生，而后以重金诱使那名学生从其所在学校的实验室盗取一具和自己年龄、身材等均相近的尸体。然后，律师再将事先放置于纽约郊外车库中自己的一辆汽车交予那名学生，并令其给那具尸体穿上自己的衣服后塞入车内，再设法将汽车从悬崖上推下山谷，制造出一个自己驾车不慎坠崖身亡的假象。汽车在坠落山谷后恰好发生爆炸，那具尸体被烧得面目全非，完全不得识别。

作品的第五位执笔人为范·达因。由于作品至此已经到了第五部分，再有一部分作品即进入收尾阶段，因此故事情节自此便显得有些差强人意。范·达因负责执笔的那部分也少有精彩之处。由于主人公是位知名律师，因此舆论对其动向十分敏感，"律师坠崖身亡"的消息很快便登上了报端。此时的主人公则面带微笑品读着那篇有关自己坠崖身亡的报道。不得不说，主人公的计划进行得十分顺利。主人公从报纸上得知自己葬礼举行的日子后遂决定亲自前往参加。大概主人公是想通过此举获得一种心理上的优越感及验证一下整形效果吧。葬礼上没有任何一个人认出主人公的真实身份，甚至其妻子在与其面对面时也未发现任何可疑之处。

　　然而，作品自此之后的情节便有些无趣了。在看似一切进展顺利的背后，主人公其实犯下了一个致命的失误。

　　葬礼举行后不久，警方出于某种需要对尸体再一次进行了检查，不料却在尸体头部发现了一处弹孔，头盖骨内甚至还残留着一枚子弹。主人公做梦也未料到从医科学校实验室盗取的竟是一具饮弹自杀者的尸体。这一戏剧性反转令主人公十分被动。此后的案情陷入一团乱麻，最终律师的美艳妻子被扣上了杀人嫌疑犯的罪名。（自此之后的执笔人为约翰·厄斯金）主人公为了洗刷妻子所蒙受的不白之冤，遂向警方和盘托出了事情真相。不过，主人公最终并没有因此再次陷入与美艳恶妻一同生活的厄运。原来，这位美艳妻子在其故乡俄罗斯本就是有夫之妇。主人公一番折腾后虽然没有成功达到目的，却令其妻的重婚之罪浮出了水面。如此粗糙无趣的收尾实在令人大跌眼镜。相较日本以前的那些接力作品,这部作品虽然没有那么糟糕透顶,但也再次暴露了接力作品的弱点所在。

　　作品的梗概就介绍到这里。仔细想一想,从鲁珀特·休斯到丽塔·韦曼的前四部分,也就是有关主人公整容计划的那部分实际上存在着一个巨大的缺陷。一个人要想使其犯罪秘密永远不为他人所知,那就应当始终保持单独行动,而非寻求帮手,但作品中的主人公却把这一犯罪原则破坏得面目全非。除了主人公自身,部分参与到其秘密计划中的人实在是数不胜数。腹语师、演员、股票转卖商、整形外科医生、物色心脏病患者的私人侦探、偷盗死尸的医科学生、物色医科学生的另一名私人侦探,仅直接参与者便达到了七人之多。如果再算上那家外科整形医院的助手及护士、腹语师及演员家中的管家及用人、股票转卖商的店员,等等,主人公怪异行为的目击者真的不知道有多少了。其中哪怕有一人与其他名侦探有些瓜葛,那么就必然会将律师的怪异行为告知侦探。此外,前述那七名直接参与者中的任何一个人若起了告发的念头,那么警方便能顺藤摸瓜地揭开事情的全部真相。因此,主人公的这一行动计划充满着危险。另一方面,主人公既然都制订了如此周密的计划,但却偏偏犯下了一个如小学生般的低级失误。

　　前述《现代犯罪搜查科学》中介绍到的相关犯罪实例有过度强调整形手术痕迹之嫌,而实际上罪犯面临的最大困难在于如何保守秘密。且不说整形外科医生的助手及护士,至少整形外科医生本人对罪犯的计划是了如指掌的。因此,罪犯想通过整形外科手术来获得"隐形衣"是面临着重重困难的。

以上是我对《总统的神秘阴谋》这一作品的感想,不免有些烦冗。接下来我们进入下一个话题。

有关逃避犯罪动机的其他事例

吉尔伯特·基思·切斯特顿的短篇小说中有一部以逃避为犯罪动机的奇妙作品(未日译)。我在阅读这部作品时深受触动,不禁在读书笔记的最后写下了这样一句话:"推理小说最根本的趣味在于悖论,而化不可能为可能即悖论(思想魔术)。"先不说作品采用的推理手法,作品中体现出的切斯特顿的一流理论首先便深深地打动了我。其大致内容为一个积累起可观财产的大诗人极尽奢侈和快乐之事后厌倦了诗人的身份和地位,心中升起了对变换身份过一段全新生活的渴望。进而,大诗人想到了一个帮助其达到目的的如下"隐身衣"方法。

这位大诗人有一个平庸的弟弟,在市场的一个角落经营一家杂货店,过着波澜不惊的平淡日子。天才大诗人在厌倦了作为诗人的身份和地位后竟然羡慕起了弟弟的平庸。于是,大诗人便给了弟弟一大笔钱,并说服其远赴海外度长假,自己则化为弟弟的身份(此两兄弟长相颇为相像)充当起了杂货店的平凡主人。

两兄弟经过一番商量,定下了具体的实施计划。具体而言,先由弟弟将身上所穿衣服丢弃于市场不远处海滨浴场的更衣室内,然后再裸身游至远处人迹罕至的海岸边。登岸后,弟弟再穿上事先藏于附近岩石隐蔽处的衣服,再带上旅行箱经由一条不易遇到熟人的道路远赴海外而去。而那位诗人哥哥则随后前往海滨更衣室悄悄穿上弟弟的那套衣服,剃净胡须后便返回了杂货店,之后便以店主人的身份开始了新生活。

然而,基于谁受益则谁嫌疑最大的想法,不明真相的世人大多认为既然家财万贯的哥哥突然下落不明且未留下任何线索,那么具有唯一财产继承权的弟弟就是最大的嫌疑人。于是,弟弟经营的那家杂货店受到了警方的调查。最终,在著名侦探的一番奇妙推理下,兄弟二人变换身份的真相被揭露了出来。在这种情况下,如果侦探不具备窥视大诗人异常心理的能力的话,那么相关调查是难以取得成功的。

这种有违常识的动机在范·达因看来是有失公平的,但在吉尔伯特·基思·切斯特顿的笔下不仅不会引起读者的不满,而且还充满了趣味。切斯特顿在对这种怪异的动机展开说明时采用了前文提到的夸张悖论手法。

与上述两部作品不同的是，理查德·赫尔（Richard Hull）在推理小说《谋杀伯母事件》（*The Murder of My Aunt*）中采用倒叙手法讲述了一个不良少年杀害了伯母的故事。故事中不良少年为了其任性、奢华的生活不受打扰而对其伯母起了杀意（其伯母对不良少年的自由生活多有束缚）。因此，可以说对目前严苛而沉闷生活的逃避是不良少年犯罪的动机所在。我在《幻影城》一书的"再论倒叙推理小说"一文中对《谋杀伯母事件》这部作品的梗概有过详述，因此在此不再重复。

在该项分类下还有另外一部非常有趣的作品。《陆桥谋杀案》的作者罗纳德·A. 诺克斯既是作家又是神职人员，虽然他已经升任主教，甚至已经写就了"诺克斯版"《圣经》一书，但从其立意奇特的短篇作品《密室里的行者》（*Solred by Ivspetion*）中便可窥知他的创作思维中其实也不乏极端之例。作者在该部作品中对犯罪动机的设定堪称奇特，具体如下：

一位身患绝症的男子在被医生告知了死期后不堪忍受等待的过程，便想了各种办法以摆脱等待死亡的恐惧和痛苦。该男子生性胆小如鼠，因此十分畏惧自杀。既然自己对自己下不去手，那么就只有借他人之手杀掉自己，但这个世界上哪里有主动蒙受杀人之罪的志愿者呢？即使有，也需要男子去想办法制造。既然没有人愿意主动杀掉自己，男子便想到了一个迂回的办法，即通过先杀人而后再以被判死刑的方式结束生命。对此,我在《出人意料的罪犯》一章中已有过详述,请读者具体参考前文。

[《宝石》昭和二十五年(1950年)8月11日]

第十一章
推理小说中的犯罪心理

推理小说是通过侦探之手描绘出来的有关犯罪案件的作品，集中描写的是侦探的性格，而罪犯的性格只能以间接的方法得到反映。话虽如此，但优秀的推理小说仍能将罪犯的心理及性格很好地表现出来。这些作品虽然也不能从正面予以描写，但有时却能旁敲侧击地深刻凸显出罪犯的人性。

推理小说的本来目的在于探讨复杂谜案解构理论的内涵,却很少从正面描述罪犯的心理活动。由于"罪犯的意外性"是构成推理小说的重要条件之一,因此罪犯的真实面目往往直到小说的最后关头才能得以浮出水面。正因如此,推理小说作家常常无暇详细描写罪犯的心理及性格。一般而言,一旦罪犯身份被暴露即意味着推理小说本身的瓦解。换言之,推理小说是通过侦探之手描绘出来的有关犯罪案件的作品,集中描写的是侦探的性格,而罪犯的性格只能以间接的方法得到反映。也就是说,推理小说着意刻画的是精巧的犯罪手段,而非罪犯的人性。话虽如此,但优秀的推理小说仍能将罪犯的心理及性格很好地表现出来。这些作品虽然也不能从正面予以描写,但有时却能旁敲侧击地深刻凸显出罪犯的人性。

长篇推理小说所描绘的巧妙复杂的犯罪案件中出现的罪犯往往是虚无主义者。他们没有宗教信仰亦不受道德束缚,并且对神明及良心毫不畏惧,畏惧的只有刑罚,甚至还经常出现一些对刑罚也无所畏惧者。作为一种解谜文学的推理小说,如此的罪犯形象设定是最为方便的。事实上,机械的、冷血的、不会因感情而出现破绽的罪犯恰恰是复杂巧妙犯罪案件的必要条件。因此,把虚无主义用在冷血罪犯的身上是最为恰当的。

说到有关生动描写罪犯心理活动的推理小说,我首先想到的便是法国作家乔治·西默农(Georges Simenon)的作品《男人的头颅》

[(*La tête d'un homme*)，又译为《蒙巴纳斯之夜》]。这部作品中的主人公是一个名叫拉德克的天才青年，他虽天资聪颖，但却苦于极度贫困，且患有先天性脊髓病，因而早已放弃了在社会上出人头地的念头。侦探梅格雷评价这位天才青年称："若在二十年前，他大概会是一个向某国首都投掷炸弹的无政府主义斗士。"

作品中的拉德克是一个《罪与罚》中拉斯柯尔尼科夫式的、性格极端典型化了的人物。一次，拉德克在识破了一个寻欢作乐者想杀死妻子的心理后，遂与其做了一个交易，即以替其杀死妻子为交换条件，得到了一大笔钱。而且，拉德克还巧妙地将杀人之罪加到了一个与案件毫无关联的愚钝男子身上。对于这种行为，拉德克早已习以为常。这部作品自始至终贯穿着侦探梅格雷与罪犯的心理斗争。

该罪犯的心中充满了对神明与道德的否定和蔑视。神明与道德本质的因时因地而异逐渐使罪犯把神明与道德定格为社会功利目的的一种证据。就像一夫一妻制与一夫多妻制、拿破仑的大规模杀人行径与个人杀人行为的善恶不定，该罪犯对同一行为在一个时代一个地点被视为善，在另一时代另一地点则被视为恶的善恶标准的游移不定早已洞若观火。进而，罪犯也蔑视起道德禁忌的严肃性来。

然而，与拉斯柯尔尼科夫一样，该罪犯在否定良心的同时也受到了良心的百般折磨。同时,更大的矛盾在于此类罪犯明明是虚无主义者却仍对自尊心恋恋不舍(真正的虚无主义者应该也放弃了自尊心)。可以说,扭曲的自尊心恰恰是促使他们走上犯罪道路的源头。"我是天才""我是超人"等自命不凡者蔑视社会、忤逆警察的极端情绪便是这种扭曲自尊心的表现。这一自尊心有时会化为堕落罪犯的虚荣心,例如拉斯柯尔尼科夫行凶后曾于咖啡店挥舞着一沓纸币在检察官面前好一番炫耀,而这一心理在拉德克身上则表现为更加夸张的挑衅行为。拉德克的行为挑动起了更多幼稚的罪犯向警方发起挑衅的心理。

这类挑衅心理虽然在表面上表现为虚荣心,但其内层还暗藏着另一种心理,即"自白冲动心理"。集中反映这一"自白冲动心理"的代表作有埃德加·爱伦·坡的短篇小说《反常之魔》(*The Imp of the Perverse*)。这部作品集中刻画了明知不可为而为之的奇妙的不可抗冲动。这一冲动中既包含明知恶而为恶、明知不可违禁而违禁的不可思议的人类心理,也包含明知一旦自白犯罪行为则将自取灭亡却非要自白不可的不可抗心理。打个比方,这一冲动就像是自立于令人目眩不已的万丈高崖之上,明知恐怖却偏要一跳为快的冲动。《反常之魔》中的主人公便是如此,他无论如何也按捺不住内心的"自白冲动",面对着熙熙攘攘的过往人群撕心裂肺般地呼号着自己犯下的杀人罪行。

　　范·达因的作品《主教杀人事件》（*The Bishop Murder Case*）是另一个值得一提的典型作品。该作品中的主人公迪拉德教授虽然并非普通意义上的虚无主义者，但却是不折不扣的蔑视道德者。身为学者却违背道德，这在犯罪史上不乏其例，例如推理小说《夏洛克·福尔摩斯》（*Sherlock Holmes*）中福尔摩斯的死敌詹姆斯·莫里亚蒂博士等便是早期的人物之例。而《主教杀人事件》中的迪拉德教授的心理则将违背道德的行为推至了另一极端。迪拉德教授基于数学、物理学及天文学意义上浩瀚无垠的世界观，认为地球上的人类道德、人类的生命等是不足为虑的。这一心理错觉进而造就了他极度扭曲的性格。

　　范·达因通过作品中的著名侦探菲罗·万斯之口，对这一心理做出了如下解释：

　　　　数学家们既以光年这一浩大的单位计算无限的宇宙空间，又以纳米这一极其细微的单位计算电子的大小。因此，他们视野中的景色不仅完全超越我们的想象，且地球及地球上的人类几乎是被忽略不计的。例如，一个有数倍于太阳系大小的恒星在数学家们看来只不过是以分秒计的琐碎小事而已。天文学家哈罗·沙普利计算得出银河系的直径为三十万光年，而宇宙的直径则有银河系的一万倍之大。

　　而这些也仅仅是入门问题,是天文观测仪器捕捉画面中的家常便饭。高等数学家们思考的问题则要更加浩瀚得多。现代数学的概念往往游离于人类的现实世界之外,进而促生出了仅沉浸于纯粹思想世界中的病态性格。例如,西尔伯斯坦基于五维及六维空间理论推导出了未卜先知的预见能力。……一个沉浸于"无限"概念中的人的思维陷入病态丝毫不令人感到奇怪。云云。

　　当地球上的人类化为极其细微的存在时,科学便愈发接近于虚无主义。然而滑稽的是,如此虚无主义一旦催生出罪恶,则必将有与这一极端思想相悖的意念混入其中。例如,迪拉德教授虽然是位违背道德者,但却囿于现实世界中个人名声这一微不足道的执念,甚至不惜以杀人来维护这一名声。他模仿着(恐怖版)鹅妈妈童谣中的情节,接二连三地害死了诸多无辜者。

　　推理小说作家中虽然以创作复杂谜案者为最多,但个别作家在恶人的描写上也是十分优秀的。有描写恶人天才之称的黑岩泪香基于他人的思路翻新创作了诸多作品,他在这些作品中以细腻精巧的手法对恶人形象做了详细描写,甚至超过了原著。而西方的推理小说作家中,英国伊登·菲尔波茨的作品也能带给读者同样的阅读体验,他的《雷德梅恩一家》便是一部典型之作。该作品中的主人公同样是一位违背道德者,但却并没有像拉德克及迪拉德教授那样从一开始便陷入近乎自暴自弃的心理,而是一个执拗的功利主义者,试图极力避免自身的犯罪行为被人发觉。正因如此,他的犯罪手法更加复杂,且大多伴随着积极而深刻的恶意。

《雷德梅恩一家》这一作品并未在真凶水落石出的那一刻而宣告剧终,而是在最后附加了一篇自白书。事实上,这篇自白书是罪犯米莱克·彭丁在狱中写就的个人传记。其中有如下一段话:

有良心之人、事后可能后悔之人、因一时冲动而杀人之人,无论这些人在事后如何巧妙地掩盖自身罪行,但显然最终都不能获得成功。罪犯心中潜藏着的后悔念头是其罪行最终败露的第一步。这世上的蠢货们是逃不过失败的命运的。但像我这样对自身的成功坚信不疑,且不受任何不安情绪左右,不受任何感情影响,根据正确的计划及预见能力实施作案的人来说,犯罪是不存在任何危险性的。这类人在作案后将品味到一种堪称庄严的心理喜悦,这种喜悦是对他们的回报,更是他们的精神支柱。

在这世上的所有体验中,没有比杀人更加令人惊异的了。任何科学、哲学、宗教的魅力都无法与这一最大罪行所拥有的神秘感、危险性及胜利感相提并论。在这一深重的罪行面前,所有事物都是儿戏。

然而，即使如此，这个天生的杀人魔鬼在大侦探冈斯的睿智面前很快便溃散而去。

令人不可思议的是，这类罪犯几乎都是尼采作品的热心读者。虽然《男人的头颅》这一作品并未对主人公拉德克作出这方面的说明，但《主教杀人事件》及《雷德梅恩一家》两部作品均援引尼采的语录分别对罪犯迪拉德教授和米莱克·彭丁做出了解释。此外，从阅读观感上而言，米莱克·彭丁的角色描写应该还受到了托马斯·德·昆西的作品《被看成一种艺术的谋杀》的影响。显而易见，米莱克·彭丁是一个以艺术家般的热情把全部生命都投入犯罪活动中的罪犯。

再进一步说，拉德克、迪拉德教授、米莱克·彭丁三者内心所具有的实验性杀人心理是不容忽视的。换言之，这三名罪犯对自身能力深信不疑，内心都希望通过真正的杀人行为验证他们各自犯罪能力的实现边界。打个比方说，他们的行为就像把罪犯装入试管中观察接下来发生的各种化学反应一样。自古以来的心理小说中不乏将人生装入试管内进行观察之例。陀思妥耶夫斯基如此，司汤达亦如此，保罗·布尔热的《弟子》也是最为具体的典型代表作之一。这部小说中的主人公将恋爱装入试管中，而后牵连出一个杀人疑案。

保罗·布尔热的这部作品及陀思妥耶夫斯基、奥古斯特·斯特林堡等都受到了推理小说家的极大关注。推理小说家们进而在作品中安排罪犯在实验中验证各自的罪行，不断将罪犯、犯罪活动、杀人行为等统统装入了试管之中。

（《文化人的科学》1947年3月号）

第十二章

密码法的种类

书籍这一密码法是把书籍页码、行数、第几个字三个数字组合作为密码传至对方，对方只要使用同一本书就能解读密码内容。这一方法经常被推理小说采用。常用的书籍有《圣经》或其他著名小说等，而阿瑟·柯南·道尔在《恐怖谷》这一作品中使用的书籍为年鉴，F.W.克劳夫兹在《弗兰奇探长最大的案子》中采用的是股票买卖票据，阿加莎·克里斯蒂在其短篇小说《四个嫌疑人》中用到的是花店的鲜花目录册……

　　我曾于学生时代对密码法做出过分类,后于大正十四年(1925年)将其刊载到了《侦探趣味》一文中,昭和六年(1931年)又将其列入了随笔集《恶人志愿》中。在此,谨将其修订版呈现给大家。

　　在战争的催化下,虽然密码法取得了长足进步,出现了使用自动计算设备进行复杂组合的技术,但机械化却使得先前赋予密码乐趣的机智元素完全消失了,进而致使其不再适合作为小说的素材了。以至于到了现代,已经几乎完全看不到密码题材小说的踪影了。

　　我收集到的以密码为题材的小说仅有37例,它们在我对推理小说的分类中属于3"寓意法"5"代用法"及6"媒介法"者为最多。从中不难发现的是,越是富于机智元素的密码越受到作家的青睐。以下所列各项名称后未列出一项作品实例者表示实际未发现属于该项范围的作品。

1. 割符法

　　根据古希腊作家普鲁塔克所著《比较列传》中的说法,古希腊斯巴达的将军之间分别持有一支被称为"密码棒"(Scytale)的同样粗细的木棒,包裹于木棒之上的皮革对接处写有军事密报,一方在收到另一方送来的木棒后,需要将皮革取下卷至自己所持的木棒之上方可判读密报内容。也就是说,这一密码法采用的是割符原理。后文中提到的"窗板法"等密码法使用也是同样的原理。

2. 表形法（4例）

即以儿童涂鸦式的图形表示物体形状或道路走向的方法。莫里斯·勒布朗的《空心岩柱》(*L'Aiguille creuse*)、甲贺三郎的《琥珀烟斗》等作品均采用了这一方法。据说乞丐或盗贼使用白墨或其他物品在道路一旁的石头或墙壁上绘出只有他们之间才能看明白的牒符以向同伴下达指示的手法是这种密码法的原始形态。罪犯之间或日本花柳界等使用的手指暗号，以及军队中使用的手旗信号等均属于此类表形法。

事实上，表形法也是一种略记法。历史上的"学问僧"（有学识的僧人）以简略之法新创汉字，以及当今的学生在课堂笔记中使用的缩略符号都可以算得上是一种略记符号。在此，我权且将属于此类的密码法命名为寻图密码。马修·希尔(Matthew Phipps)的密码题材小说《S·S》、瑞典推理小说作家海勒的长篇作品《皇帝的旧装》等均使用了这一密码法。在蝴蝶写生图的翅膀图形中暗藏地图则是间谍实际使用过的密码法。

3. 寓意法（11例）

日本古代恋爱题材的和歌、儿岛高德的"樱树十字诗"、西方的猜谜诗等寓意密码自古有之，且这类密码毫无机械之处，不仅全借机智而成，又全凭机智而解，因此此类推理小说实例数量最多。

埃德加·爱伦·坡的作品《黄金国》(*The Grold-Bug*)中所用密码

的后半部分,以及黑岩泪香翻译的《幽灵塔》中出现的密码咒语均是此类密码法的典型之作。在我收集到的作品中,采用这一密码法的作品有阿瑟·柯南·道尔的《马斯格雷夫礼典》(*The Adventure of the Musgrave*),梅里维尔·戴维森·卜斯特(Melvile Davisson post)的《睿智的阿伯纳大叔探案集》(*The Great Chipher*),埃德蒙·克莱里休·本特利(Edmund Clerihew Bentley)的《救命之神》(*The Ministering Angel*)和《天真的船长》,M. R. 詹姆斯的《托马斯寺院的宝藏》(*The Treasure of Abbot Thomas*),欧·亨利(O. Henry)的《卡勒韦的密码》(*Calloway's Code*),多萝西·L. 塞耶斯(Dorothy L. Sayers)的《学问的冒险:龙头》(*The Learned Adventure of the Dragon's Head*)、玛格丽特·路易莎·阿林汉姆(Margery Louise Allingham)的《白象事件》(*The Case of the White Elephant*)、巴林顿·J. 贝利(Barrington J. Bayley)《堇菜花园》。

4. 置换法(3例)

即通过打乱字、词、句的排列顺序达到掩人耳目目的的方法,具体可细分为以下几种。

(1)普通置换法(1例)

①逆向法。即逆向书写字音,例如把"面(TSU RA)"写为"RA TSU",把"种(TA NE)"书写为"NE TA",把"鞄(KA BAN)"写为"BAN KA"等。在早期的尚显幼稚的密码小说中有些作品采用了将信件内容转换为"假名"(日文字母)且逆向书写的密码法(我一时想不出对

应的作品实例)。还有另外一个自古有之的密码法,即将字母A置换为B、将"I RO HA"中的"I"置换为"RO",即将某一字母(词)置换为该字母(词)之后的字母(词)的方法。更准确地来说,这种密码法属于后文所述"代用法"。

②横断法。即按照一定间隔将一段文字排列成数行,使用与普通阅读习惯相反的阅读方向即可读懂文字内容的方法,例如英文则纵向阅读(英文习惯横向书写),日文则横向阅读(日文习惯纵向书写)。我的作品《黑手组》中出现的部分密码便属此类。当然,我想西方应该也有此类密码小说。

③斜断法。大体与上述横断法相同,不同的是需要斜向阅读文字。

(2)混合置换法

这种置换法不像上述普通置换法那样秩序井然,而是将字、词、句混合起来置换,虽然看上去一团乱麻,但实际却暗藏规律。由于这种置换法是按照一定规则进行的,因此无论多么复杂的密码都是能够组合起来的。英国资产阶级革命中,马尔沙尔伯爵在发动针对詹姆斯二世的反抗斗争中即用到了有关词语的混合置换法,这一密码法因此而名噪一时。

(3)插入法(2例)

即在有用的字、词、句中适度插入无用的字、词、句,以达到从表面混淆文字意思的目的的方法。阿瑟·柯南·道尔的《"格洛里亚斯科特"号三桅帆船》(*The Adventure of the 'gloria scott'*)中用到的密码即相当于词语插入法，即从"The supply of game for London is going steadily up"这句话中提取"The game is up"这几个词，而剩下的词则是毫无意义的。这种情况下，包括插入词在内的完整句子如能表达出另一层具体意思则是最为理想的。以上是插入词的实例，而插入句子的手法也是大同小异的。阿瑟·柯南·道尔的《希腊译员》(*The Adventure of the Greek Interpreter*)中采用了在对话的关键之处插入希腊语的密码法，即"句插入法"，但遗憾的是其整段话表达的意思并不连贯。

（4）窗板法

这一密码法的简单版也可以说是"字插入法"，但由于其整体构思略有不同，因此有必要在此作出解释。具体而言，首先，在一张方形厚纸板上纵横双向画出数条直线，制作出田字格稿纸的效果。其次，在任意挖去厚纸板上的数个方格，看上去就像是给厚纸板开了几个窗口一样。然后，再将厚纸板置于纸张之上，在刚才开出的几个"窗口"处按顺序写下想要传达的词句。最后，拿开厚纸板后，再在纸张的空白处随意写满字母。完成之后，便可将这张看似涂鸦满目的纸张传递出去。对方在收到这份纸后，只要将开有同样"窗口"的厚纸板置于其上便可轻松获知其中的信息，而手中没有对应厚纸板的人则完全不能作出准确判断。这就是简单版的窗板法密码。

在此基础上，可使上述窗板法变得复杂一些。具体而言，在上述厚纸板（即窗板）开出的若干个"窗口"处写下部分文字后，再将窗板向右或向左旋转四十五度后（此时，之前写下的文字不能再次出现在"窗口"。因此，要提前计算好在厚纸板上开"窗口"的位置），在"窗口"处继续书写后续的文字。经过如此四次四十五度的旋转，便在四处不同的位置出现四组不同的"窗口"，书写的文字量也将增至四倍。最后，再随意涂鸦涂满纸张的空白处即告完成。而接收方在收到纸张后则通过重复上述步骤，即经过四次旋转窗板四十五度后便可依次读取其中隐藏着的信息。除此之外，还有圆形窗板法。圆形窗板虽然不能做到方形窗板那样一目了然地进行45度角旋转，但仍可通过一些手段达到同样的目的。

5. 代用法（10例）

有关密码的书籍中曾指出"密码法大致可分为两大类，即Transposition与Substitution"。而"Transposition"即我所说的"置换法"，"Substitution"即"代用法"。毋庸置疑，这两种方法可以称得上是密码法之大宗，特别是"代用法"尤为重要，可以说近代机械密码全部属于此类。所谓"代用法"指的是以字、词、句代替其他字、词、句、数字及图形，以达到混淆真意目的的方法。多数情况下，只有通信双方使用特定的"密码"（Key word）才能解开密码。

（1）单纯代用法（7例）

①图形代用法（2例）。【点代用法】通信信号、点状字等利用的便是这一原理。间谍在进行密码通信时经常采用的摩尔斯电码利用的也是这一原理。【线代用法】这一著名的方法由英国斯图亚特王朝查尔一世发明，具体是仅由线条构成的密码。【Z字形法】密码也属此类，具体来说是先写下一行英文字母，再在其下方放置一张纸卡，在需要用到的文字下方画横线，并逐次向下方画线，形成类似闪电光线的图形，而对方只要使用相同间隔空间的字母纸卡对照观察便可立刻解读出需要的信息。【图形代用法】埃德加·爱伦·坡的《黄金国》（*Eldorado*）、阿瑟·柯南·道尔的《跳舞的人》（*The Adrenture of the Dancing Men*）中出现的密码均是这一方法的代表事例。【猪圈密码】即类似┌┐┘>匚这样写法的密码，其中的每一个形状均对应一个字母。

②数字代用法（2例）。即用一个数字或几个数字对应一个字母的密码法（如1111对应A、1112对应B、1121对应C）。安东尼·怀恩（Anthony Wynne）的长篇作品《双重十三》（*The Double-Thirteen Mystery*）中使用变化这一密码法。当然，也有反其道而行之的密码法，即使用文字对应数字，如理查德·奥斯汀·弗里曼（R. Austin Freeman）的短篇小说《密码锁》（*The Puzzle Lock*）中便采用了这一方法，具体为对旧钟表表盘中出现的罗马数字"IVXLCM"等进行排列后构成

金库的密码数字。

③文字代用法(3例)。即使用一个或多个文字对应原文中的一个文字的方法。例如,F. A. M. 韦伯斯特(F. A. M. Webster)的短篇小说《奇异密码的秘密》(*The Secret of the Singular Cipher*)使用的便是一个文字对应一个字母的方法。再如,莉莲·德拉托瑞(Lillian de La Torre)的短篇小说《被盗的圣诞礼盒》(*The Stolen Christmas Box*)中使用了多个文字代用法,如用"aabab"对应字母F。此外,阿尔弗雷德·诺伊斯(Alfred Noyes)的《风信子伯父》(*Uncle Hyacinth*)用的是诸如"Bon voyage"对应"U-boats"的【词语代用法】。此外,就像日本存在打乱汉字读音使其表现为歧义的汉字游戏一样,英语中也存在同样有趣的做法。例如,"ghoti"真正表达的是"fish"之意。其中的道理在于"gh"表示的是"enough"中的"f"音,"o"表示的是"women"中的"i"音,"ti"表示的是"ignition"中的"sh"音,三者组合到一起后形成"fish"的读音。

(2)复杂代用法(3例)

①平面式密码(1例)。首先制作一张英文字母表格(见下页),表格包括26行字母表,每一行都由前一行向左偏移一位得到,即第一行字母由A打头排至Z,第二行字母由B打头排至A,第三行字母由C打头排至B。此26行字母表排列完成后,再在字母表第一行的上方由左至右横向排列字母A至字母Z(与第一行完全一致),在字母

```
  A B C D E F G H I J K L M N O P Q R S T U V W X Y Z
A A B C D E F G H I J K L M N O P Q R S T U V W X Y Z
B B C D E F G H I J K L M N O P Q R S T U V W X Y Z A
C C D E F G H I J K L M N O P Q R S T U V W X Y Z A B
D D E F G H I J K L M N O P Q R S T U V W X Y Z A B C
E E F G H I J K L M N O P Q R S T U V W X Y Z A B C D
F F G H I J K L M N O P Q R S T U V W X Y Z A B C D E
G G H I J K L M N O P Q R S T U V W X Y Z A B C D E F
H H I J K L M N O P Q R S T U V W X Y Z A B C D E F G
I I J K L M N O P Q R S T U V W X Y Z A B C D E F G H
J J K L M N O P Q R S T U V W X Y Z A B C D E F G H I
K K L M N O P Q R S T U V W X Y Z A B C D E F G H I J
L L M N O P Q R S T U V W X Y Z A B C D E F G H I J K
M M N O P Q R S T U V W X Y Z A B C D E F G H I J K L
N N O P Q R S T U V W X Y Z A B C D E F G H I J K L M
O O P Q R S T U V W X Y Z A B C D E F G H I J K L M N
P P Q R S T U V W X Y Z A B C D E F G H I J K L M N O
Q Q R S T U V W X Y Z A B C D E F G H I J K L M N O P
R R S T U V W X Y Z A B C D E F G H I J K L M N O P Q
S S T U V W X Y Z A B C D E F G H I J K L M N O P Q R
T T U V W X Y Z A B C D E F G H I J K L M N O P Q R S
U U V W X Y Z A B C D E F G H I J K L M N O P Q R S T
V V W X Y Z A B C D E F G H I J K L M N O P Q R S T U
W W X Y Z A B C D E F G H I J K L M N O P Q R S T U V
X X Y Z A B C D E F G H I J K L M N O P Q R S T U V W
Y Y Z A B C D E F G H I J K L M N O P Q R S T U V W X
Z Z A B C D E F G H I J K L M N O P Q R S T U V W X Y
```

表的左侧由上至下纵向排列字母 A 至字母 Z（即与第一列完全一致）。如此绘制而成的纵横双向字母将成为密码制作的基础［这一密码法在密码史上被冠以其发明者法国人布莱斯·德·维吉尼亚（Blaise de Vigenere）的名字而被称为"维吉尼亚密码表"］。这种密码法存在三个要素，其一为明文（将其命名为"clear"），其二为密匙（key），其三为密文（cipher）。将写有明文与密匙的卡片置于上述字母表旁边。假设明文为"ATTACKATONCE"（立刻攻击之意），密匙为"CRYPTOGRAPHY"（密码之意）。接下来，按照行（即横向）的顺序从字母表中找出明文的第一个字母 A。显而易见，明文的第一个字母 A 即第一行的首字母 A。再按照列（即纵向）的顺序从字母表中找出密匙的第一个字母 C。显而易见，密匙的第一个字母 C 为第三行的首字母 C。从字母表第一行首字母 A 垂直向下与密匙首字母 C 所在行的交叉点字母即为密文的首字母。由于 C 恰好为第三行的首字母，因此密匙首字母仍为 C。然后，按照同样的方法，从字母表中找出明文的第二个字母 T，再从纵列中找出密匙的第二个字母 R，二者所在纵横两条直线的交叉点字母为 K，则 K 为密文的第二个字母。也就是说，按照这一方法制作得出的密文字母中，对应 A 的未必一定是字母 C，有可能是 P，也有可能是 G。由于其对应关系的变化多端而使密文的解读异常困难。因此，按照英文字母的出现频率对密文进行解密的方法（如把密文中出现频率最高的字母设为 E）将变得不再有效。当然，也可以以数字替代字母，制作出数字密码表。按照数字密码表制作得出的密文则完全由数字构成。这类密文对他人而言是极难解读的，但只要掌握了密匙，反向倒推上述加密过程即可得到明文，因此解读起来是极其简单的。可以说，近代的机械化密码法只不过是一种极度复杂化了的平面式密码法，也或许已经超越平面而进化为了立体式的密码法。如果说早期的密码为直线型密码，那么我在此介绍的则为平面式密码，而自动计算机制作的密码则达到了立体式的水平。我曾在塞克斯顿·布莱克的"侦探记"中读到过有关平面式密码法的原始极简版故事。由此可见，平面式密码法的原型出现的事件是足够早的。

②算尺密码法（1 例）。算尺密码法的原理与上述平面式密码

法相同,只不过使用的是尺。具体而言,首先使用厚纸板(或塑胶材料的其他物品)制造两根类似算尺一样的长板,在其中一根长板上从字母A写至字母Z,在另一根长板上重复写下两边字母A至字母Z(即第二根长板的长度是第一根的两倍)。把第一根长板称为"标尺(Index)",第二根长板称为"滑尺(Slide)"。在具体使用时,使前者固定的同时使后者可左右滑动。这一密码法中也存在一个固定的密匙,首先从"滑尺"中找出密匙的首字母,然后滑动"滑尺"使该字母移至"标尺"上的首字母即A的下方。

接下来,从"标尺"中找出明文的首字母,把该字母下方"滑尺"上对应的字母作为密文字母。以此类推推导出密文全文。而密文接收方则使用备好了的相同算尺,反向倒推上述加密过程即可解读密文。海伦·麦克洛伊(Helen Mccloy)女士在其长篇推理小说《牧神之影》(Panic)中使用了这一密码法,并对这一方法做了详细说明。

③圆盘密码法(1例)。就像计算机中有圆盘形状的部件一样,密码算尺中也有圆盘状算尺。其原理与上述"算尺密码法"相同,即将二重圆盘中的一个作为"标尺",另一个作为"滑尺",以圆形轨迹滑动取代上述方法中的左右滑动便可获取密文内容。埃尔莎·巴克尔(Elsa Barker)在其短篇小说《米迦勒的钥匙》(The Key in Michael)中曾使用过这一圆盘密码法。

④自动计算设备推导的密码法。这一密码法在当今的军事、外

交领域得到广泛使用。其原理或许已从平面式进化为立体式,其中用到的密码表是被称作"乱数表"的数字表格。但遗憾的是,这种密码法很难在推崇机智与推理的推理小说中得到应用。

6. 媒介法(9例)

即使用各种媒介手段的密码传递方法。由于该密码法富于机智,因此也较多地出现在推理小说中。不仅现代打字机的同一按键上既有符号又有数字,据说更早的设备按键上也同时印有符号与字母,因此是可以使用符号表示数字与文字的。一旦知晓密码媒介为打字机,那么其内容也就立刻得到解读。林恩·马奇蒙特的长篇小说《霍德利家的秘密》采用的核心密码法便是以打字机为媒介的。

【书籍】这一密码法是把书籍页码、行数、第几个字三个数字组合作为密码传至对方,对方只要使用同一本书就能解读密码内容。这一方法经常被推理小说采用。常用的书籍有《圣经》或其他著名小说等,而阿瑟·柯南·道尔在《恐怖谷》(The Valley of Fear)这一作品中使用的书籍为年鉴,F. W. 克劳夫兹在《弗兰奇探长最大的案子》(Inspector French's Greatest Case)中采用的是股票买卖票据,阿加莎·克里斯蒂在其短篇小说《四个嫌疑人》(The Four Suspects)用到的是花店的鲜花目录册,安东尼·布彻(Anthony Boucher)在其短篇小说《QL696C9》中用到的是图书馆的图书分类表,阿瑟·柯南·道尔在其另一部短篇小说《红圈会》(The Adventure of the Red Circle)使用的则是三行广告。此外,《红圈会》这部作品中还使用了【火光信号】来传达信息,而在一片黑暗中把点燃的香烟烟头作为摩尔斯密码的手法则在珀西瓦尔·怀尔(Percival Wilde)的作品《火柱》(*The Pillar of Fire*)中出现过。莫里斯·勒布朗在其一部短篇小说中使用【镜子】反射日光的方法在两个窗户之间传递信息。我在自己的作品《二钱铜货》中则采用了以点状字作为媒介的方法,应该也可以列入此项。当然,最为奇思妙想的案例当属古希腊作家希罗多德的著作《历史》中有关【人类媒介】的描述。具体而言,战争中的一方考虑到令密使传递文书太过危险,于是便以给奴隶治疗眼疾为名,将奴隶头发剃光后在其头部皮肤上刺上文身,而那些文身恰恰隐藏着重要情报。等到奴隶头发长长后便将其送至战争前线,而前线的人只需要再次剃光奴隶的头发便可读取情报。

除上述之外,还有熏显法、使用隐现墨水的秘密通信法、音乐代用法、乐谱密码法、绳带打结密码法、神代文字①密码法等各种方法。有关密码法的种类大体上也就上述这些了。

[《宝石》昭和二十八年(1953年)9月、

10月号《推理类别集成》节选]

---

① 所谓"神代文字"指的是古代日本在中国汉字传入以前使用的多种文字的总称。但根据江户时代学者的考察,历史上并不存在"神代文字",目前可见的"神代文字"应为伪造。

第十三章

魔术与推理小说

推理小说中出现的犯罪案件大多以不可思议的、神秘的、超自然的表象为开端，但结局皆可从合理的角度得到天衣无缝的解释。这是推理小说的固定套路，也是理想的做法。

魔术一词背后隐含着三种渊源颇深的学问及显著的技术。第一为作为人类学要素的咒术（Magic）。人类学的研究对象包括现存原始种族用到的咒术、咒器崇拜等，其与魔术颇有渊源。第二为作为神秘学（Occultism）核心要素的魔术。虽然神秘学并非正统科学，但在神秘主义者们看来却是一门不折不扣的、以所有魔术现象为研究对象的学问。第三为作为奇术的魔术。

人类学意义上的魔术与神秘学意义上的魔术虽然在研究视角上大相径庭，但在研究内容涉及的诸多课题上多有重叠之处。咒法、咒力、咒符、护符、占卜、咒器崇拜、咒医等等均是二者共通的课题。二者的不同之处在于，人类学是从客观上观察、研究上述课题的纯粹科学，而神秘学则是一种以研究上述课题为目的的近似于宗教性质的学问。

此外，人类学把现存的原始种族视为重要的研究对象之一，而神秘学对此却丝毫没有兴趣。人类在古代曾把神秘学作为宗教及科学给予了足够的重视，但时至近代，神秘学却被排除在宗教和科学范畴之外，成为非法信仰及学问（其中也有进步和新的发现）的集合体。

奇术（魔术）在今天虽然已经演变为一种舞台艺术，但其起源与人类学的咒术及神秘学的魔术并无区别。人类古代史上原始种族从事的咒术、咒医等在某种意义上便是一种魔术。若从古代追溯奇术的起源,它与原始咒术及所有伪宗教的迷惑之术、中世纪的巫术(Witchcraft)及炼金术等均有所渊源。而《日本书纪》中虽然也记载着有关来自隋唐的咒禁师即咒师兼具咒医及曲艺奇术功能的内容,但漂流民带来的"傀儡子"及中古时代流行的"放下僧"①等则是日本奇术及曲艺的源头所在。

然而,现代魔术则与人类学的研究对象及神秘学的信仰大异其趣,不存在丝毫神秘性及咒术性。即使其表面看似颇具神秘性及咒术性,但那也只不过是为了满足观众好奇心而已,其所用技术绝不会超出合理主义的范畴。有着同一起源的神秘主义仅以超科学现象为研究对象,而魔术则仅限于科学手法。由于咒法与奇术的绝缘,使得魔术虽然演变为了近代合理主义世界的事物,但同时也失去了神秘魅力这一点也是不争的事实。

印度的通天绳闻名遐迩,具体做法是向空中抛掷一条绳子后,绳子竟能神奇地直立起来,且一名少年还能沿着绳子攀爬而上。据说通天绳的故事是旅人依所见所闻口口相传而广为人知的,但由于其原理始终不为人知,因此我读到的奇术书籍虽然均对通天绳有所提及,却无一例外地认为那不过是虚构的传说而已。我认为这里存在着一个神秘学与魔术的界线。其他印度奇术,如杧果种子在众人

---

① 日本室町时代中期出现的以僧人模样表演"放下"(一种包括魔术在内的曲艺形式)的曲艺演员。

眼前忽而长成一棵枥果树，并迅速开花结果、深埋于地下数十日的一人竟奇迹般地生还等奇术的原理均在相关奇术书籍中得以呈现。

由于推理小说在某种程度上属于魔术文学，因此与上述三个领域的魔术也不无联系。推理小说的趣味之处恰恰在于神秘主义与合理主义两大要素的结合。推理小说中出现的犯罪案件大多以不可思议的、神秘的、超自然的表象为开端，但结局皆可从合理的角度得到天衣无缝的解释。这是推理小说的固定套路，也是理想的做法。人类学及神秘学与此两大要素中的神秘性密切相关，而奇术则与合理主义紧密相连。

在此暂且不提人类学与推理小说的关系。此外，虽然我对奇术与推理小说的关系颇有感触，但由于篇幅所限，只得另择时日再做探讨。接下来我想先介绍一下神秘学与推理小说的密切关系。

神秘学在当下的西方社会颇为流行，其内涵丰富，从严肃程度较高者到世俗算命者皆有之，可谓多种多样，已出版的相关书籍也达到了非常之数量。为数众多的有关传授神秘学的书籍及其广告往往与老邮票收集目录集等并列于书店中的通俗杂志书架之上。西方合理主义背后所深深根植着的神秘学确实十分有趣。1912年，神秘学学者阿尔贝·加缪出版了三卷每册页数均达六百页的鸿篇巨制《神秘学书目》，其中收录了一万两千个有关神秘学的书目介绍。当然，其中并不包括试题集。

神秘学包括的主题领域大致如下所列。首先是以占星术为代表的所有占卜术,除此之外还有作为低级魔术(Low Magic)的巫术、恶魔学、吸血鬼、死者再现、黑魔法、所有咒符、所有护身符、魔杖、魔书、魔镜,等等。高级魔术(High Magic)则有炼金术、神秘哲学、神秘数学、神秘语学、塔罗纸牌,等等。还有所有灵学,即降灵术、奇迹研究、心灵磁力、催眠术、咒医(神秘医术)、通灵术、千里眼、双重人格(分身现象)、梦游、附体,等等。

如前所述,推理小说中有关神秘方面的素材经常选用神秘学领域的种种题目,而神秘学领域最为突出的日本作家当属小栗虫太郎,西方则属约翰·狄克森·卡尔。不过,二者之间却存在着根本的差异。小栗虫太郎由于过度沉浸于神秘学而动辄脱离合理主义,从而常常陷入过度逻辑化的境地。而约翰·狄克森·卡尔对神秘学仅止步于利用层面,谜团的解决最终交由常人的逻辑及形式上的逻辑来处理。因此,虽然约翰·狄克森·卡尔在推理小说方面更胜一筹,但若论天赋,小栗虫太郎则更具天才之资。

由于读者对小栗虫太郎作品中的神秘主义素材之充盈已十分了解,因此我在此仅以两三部作品为例对约翰·狄克森·卡尔做简单介绍。

约翰·狄克森·卡尔于1934年出版的作品《宝剑八》(*The Eight of Swords*)中有关塔罗纸牌中绘有宝剑图案的第八张纸牌出现在死者

身旁的情节为整个故事蒙上了一层异样的神秘感。由于卡尔在该部作品中并未对塔罗纸牌作出详细说明，因此笔者仅根据其他神秘学书籍中的相关内容对塔罗纸牌作出简要说明。塔罗纸牌包括埃及塔罗纸牌、印度塔罗纸牌、意大利塔罗纸牌、马赛塔罗纸牌、吉卜赛塔罗纸牌等多个种类。约翰·狄克森·卡尔在作品使用的是最为普遍的起源于埃及的艾特拉（Etteilla）塔罗纸牌中的小塔罗纸牌中的一张，该张纸牌为印有宝剑纸牌的第八张，其上绘有八把呈箭车形状的宝剑，纸牌中央还画有一条代表水面的横线。从运势判断上来说，该张纸牌包含着财产的公平分配、遗赠、少女、矿物等意思。

与普通的扑克牌一样，塔罗纸牌既可用于休闲玩乐也可用于判断运势，但其蕴含着的本来意义非常难以理解，众多学者均就此有过考证。简而言之，塔罗纸牌与《周易》中的算术所具有的意义颇为相似，象征着信念与法则，整个宇宙都被压缩在了七十八张纸牌之中。每张纸牌上都绘有奇怪的象征图案（例如，艾特拉大塔罗纸牌中的一张画着一个人单脚被绳索紧紧绑着倒悬于树木之上。）、文字及数字，它们分别与神秘哲学、神秘语学、神秘数学相关联，象征着宇宙真理，并暗示着宇宙的变化。

1937年发表的作品《孔雀羽谋杀案》（*The Peacock Feather Murders*）把神秘宗教作为罪犯犯罪手法的一环予以了重点描述。这一神秘宗教具体指的是使用十个咖啡杯和孔雀羽花纹的桌布进行的一种秘密仪式。

1939年发表的作品《警告读者》(*The Reader Is Warned*)出现的重要人物是一个身上流淌着非洲原始部落咒医之血的混血儿。此人是一名读心术大家,宣称自己能够使用"超导力量"远程杀人,在其发出预言后不久便接连发生了一系列奇怪的杀人事件,颇具异样的神秘色彩。然而,作品中案件的解决却并不神秘,看似神秘异常的案情背后隐藏着的不过是极为合理的、物理性的犯罪手段而已。这部作品如其题目所示,是一部向读者发起挑衅的推理小说。

除上述几部作品外,约翰·狄克森·卡尔还有多部其他作品也充满了神秘色彩。例如,《魔术灯谋杀案》(*The Punch and Judy Murders*)具体就使用光点凝视作为自我催眠手段进行了具体描述;《青铜神灯的诅咒》(*The Curse of The Bronze Lamp*)描写的是一个埃及古坟挖掘事件引发了神灵诅咒,进而导致人间蒸发的奇异故事;《三口棺材》(*The Three Coffins*)中的神秘色彩由魔术研究专家、吸血鬼传说及黑魔法共同酝酿而成;《夜行》(*It Walks By Night*)描写的是一个最为奇怪的神灵附体故事,即狼上身(人狼);《弓弦谋杀案》(*The Bowstring Murders*)中出现的神秘器物为一只盔甲手;《黄泉归来》(*To wake The Dead*)描写的是一个死者再现的神秘故事。

当然,神秘色彩并非为小栗虫太郎及约翰·狄克森·卡尔的作品所独有。自埃德加·爱伦·坡的《黄金国》、阿瑟·柯南·道尔的《魔鬼之足》(*The Adventure of the Dervil's Foot*)、威尔基·柯林斯(Wilkie Collins)的《月亮宝石》(*The Moonstone*)之后的大多数推理小说或多或少地都用到了神秘学要素。因此,可以说只要推理小说割舍不掉神秘色彩,那么其与神秘学之间就一定存在着亲近关系。

在谈论推理小说与神秘学的关系时,还有一个不容遗漏的话题,即阿瑟·柯南·道尔与心灵学。

我在十几年前曾读遍了奥利弗·洛奇、卡米伊·弗拉马利翁等人的著名心灵学研究书籍,其中不乏有关阿瑟·柯南·道尔心灵照片的著述。其中书中提及的心灵实验方法、桌子悬浮于半空等心灵现象始终难以置信。

相比之下,反倒是美国魔术师哈利·胡迪尼对灵媒手法的大揭秘更加趣味盎然(史蒂芬·J. 坎内尔著《胡迪尼的秘密》)。

胡迪尼曾公开宣称自己能够使用魔术手法实现与灵媒同样的效果,并当着心灵学者的面表演了他的魔术实验。阿瑟·柯南·道尔看到这一幕后随即发表了一篇有关胡迪尼即一名出色灵媒的论文(收录于其最后一部著作《失落的世界》)。受此影响,我对阿瑟·柯南·道尔的心灵信仰感到轻视,转而对胡迪尼的合理主义产生了共鸣。

[《新青年》昭和二十一年(1946年)10月号]

【追记】

与魔术渊源较深的推理小说除了上述约翰·狄克森·卡尔的作品外,还有"密室推理"一章中提到的克莱顿·劳森的作品《断项之案》。这部作品中的主人公为奇术师侦探马里尼。还有一个不容遗漏的老魔术作家,即美国的热莱·伯吉斯(Gelett Burgess),其短篇小说集《神秘大师》(*The Master of Mystery*)中的主人公阿斯特罗侦探便是一位著名的神秘学大家。阿斯特罗目光如炬、眼神犀利,平日里身着怪异的东方服装,以给人看手相、占卜为生。这位主人公还常常以占卜为名预测犯罪案件的罪犯身份,但实际上不过是在极其合理的智慧与推理下揭露犯罪过程而已。

虽然这部短篇小说集是于1912年以匿名的方式出版的,但作者热莱·伯吉斯在出版之际显示了其作为魔术师的一面,他以藏字诗的方式把自己的名字巧妙地隐藏到了小说的目录之中。具体而言,只要将这部小说集收录的24篇短篇小说题目的首字母顺次串联即可得到如下一句话:"THE AUTHOR IS GELETT BURGESS."此外,如将各篇题目的最后一个字母串联起来还可得到这样一句话:"FALSE TO LIFE AND FALSE TO ART."大概热莱·伯吉斯是想通过这句话表达对魔术师作家前辈埃勒里·奎因的敬意吧。

[昭和二十二年(1947年)4月20日]

第十四章

明治时代的指纹题材小说

马克·吐温的作品应当算作世界最早的指纹题材推理小说了。然而，日本也曾出版过一部指纹题材的推理小说，它的出版时间虽然晚于《密西西比河上的生活》，但却早于《傻瓜威尔逊的悲剧》。

——

杂志《EQMM》在去年9月号上刊出了埃勒里·奎因的一篇题为《奎因精选》(Queen's Quorum)(按照年代顺序,对自埃德加·爱伦·坡以来的代表性短篇小说进行了有选择性的解说)的文章,其中列出了最早出现的指纹题材推理小说,即赫伯特·卡德特(Herbert Cadett)的《记者历险记》(The Adventures of a Journalist)。

埃勒里·奎因在文中对这部作品有如下一段评论:

目前,这部书中的主人公贝弗利·格雷顿(Beverley Gretton)侦探尚未在任何推理小说史中被提及过,甚至也没有在推理小说论著的脚注中出现过哪怕一次。(中略)然而,这部书开篇提到的短篇小说《指纹线索》(The Clue of the Finger-Prints)却是有关通过指纹鉴别罪犯的最早作品之一。一般而言,理查德·奥斯汀·弗里曼的《上帝的指纹》(The Red Thumb Mark)(改造社《世界大众文学全集》第六十卷《桑戴克博士》日译本)被认为是最早的指纹题材的小说,但赫伯特·卡德特的这部书早在其七年前便出现了。事实上,还存在一些推理小说爱好者无意中遗漏掉的更早的其他指纹题材小说。马克·吐温(Mark Twain)的《密西西比河上的生活》(Life on the Mississipi, 1883)的第三十一章第一节、长篇小说《傻瓜威尔逊的悲剧》(The Tragedy of Pudd'nhead Wilson, 1894)(这部作品的日译本同样刊载于上述改造社出版的《十届大众文学全集》第十卷《马克·吐温名作集》上，日译本题目为《傻瓜威尔逊》）。这两部小说均为有关通过指纹追踪到罪犯下落的作品。

如此看来，马克·吐温的作品应当算作世界最早的指纹题材推理小说了。然而，日本也曾出版过一部指纹题材的推理小说，它的出版时间虽然晚于《密西西比河上的生活》，但却早于《傻瓜威尔逊的悲剧》。日本的这部小说不是根据严格意义上的指纹而创作的，而是有关以手掌皮肤整体的起伏形状来鉴别罪犯的故事。当然，作为故事的主线，作品中对手掌的鉴别并非占卜师为人看手相，而是根据包括五指手纹在内的整个手掌皮肤起伏的具体细节来辨别罪犯。

这部作品为一位归化日本的英国人"讲谈师兼落语家快乐亭布莱克"[①]的舞台表演速记本《幻灯》，这一作品以单行本的方式出版于明治二十五年（1892年），比上述马克·吐温的第二部作品（《傻瓜威尔逊的悲剧》）的出版时间即1894年（明治二十七年）还要早两年。日本直到明治四十二年（1875年）才开始实施指纹法，而早在十七年前日本已经出版了有关使用指纹及掌纹鉴别身份的推理小说了，这

---

① "讲谈"及"落语"均为日本传统艺能。"快乐亭"为落语家的"亭号"（即流派）。

足以证明这部作品的珍贵了。

在具体介绍《幻灯》这部作品之前，我想先梳理一下以指纹鉴别罪犯身份这一方法的历史脉络。有关这方面的参考书籍应该有很多，我主要在参考《犯罪科学全集》[武侠社，昭和五年(1930年)]第十二卷中古畑博士执笔的《指纹学》，以及《美国百科全书》中有关指纹的内容的基础上，按照年代顺序简单梳理如下。此外，为了使指纹法实施年份与指纹题材小说出版年份对应起来，我将自己了解到的早期指纹题材推理小说分别列到了相应的年份之后。

★1686年，意大利博洛尼亚大学教授马尔切罗·马尔皮基(Marcello Malpighi)从解剖学的角度发表了有关指纹的研究。

★1823年，德国弗罗茨瓦大大学教授J. E. 柏金赫(J. E. Purkinje)从解剖学的角度发表了指纹分类。

★1880年，英国人亨利·福尔兹(Henry Faulds)博士在日本东京的筑地医院工作期间，将自己的研究成果即有关应当将指纹用于身份鉴别的论文发表在了英国《自然》杂志同年10月28日一期上。此人是世界上提出应将指纹用于身份鉴别的第一人。

★1880年，英国人威廉·詹姆斯·赫歇尔(William James Herschel)于印度孟加拉地区担任地方民政官之际，将指纹用到了防止文件伪造、鉴别囚犯身份中，并将这些经验汇集成一篇论文发表在了英国《自然》杂志同年11月22日一期上。这篇论文与上述论文发表时间仅相距一个月,被亨利·福尔兹博士抢了先。

★此后不久,英国遗传学专家弗朗西斯·高尔顿(Francis Galton)(达尔文的侄子)从学术上考证了指纹因人而异及一生不变的事实,并发表了指纹分析法。

★1883年,马克·吐温的《密西西比河上的生活》出版。

★1892年(明治二十五年),归化日本的英国人布莱克的舞台表演速记本《幻灯》出版。

★1894年,马克·吐温的《傻瓜威尔逊的悲剧》出版。

★1900年,赫伯特·卡德特的《记者历险记》出版。

★在上述弗朗西斯·高尔顿研究成果的刺激下,英国设立了有关利用指纹鉴别罪犯身份的专门委员会,由印度警察总长转任英国警视部门总监的爱德华·理查德·亨利(Edward Ribhard Henry)担任该委员会的主要委员。

★1901年,上述英国专设的委员会决定采用爱德华·理查德·亨利爵士提出的"亨利指纹分析法",并于同年在英格兰及威尔士开始实施。后来,世界上约有过半的国家均在使用这一指纹分析法。

★1903年,虽然一般认为美国最早对指纹的使用是在1882年,即吉尔伯特·汤姆森(Gilbert Thompson)于新墨西哥州将指纹用于防止公文资料伪造,但指纹在美国司法领域最早的应用却是在1903年,即兴格监狱将囚犯指纹用于台账的制作中。此后不过数年,全美开始实施"亨利指纹分析法",目前FBI的台账中保存着6500万名陆海空军方人士的指纹,规模居于世界首位。

★在前述英国"亨利指纹分析法"提出后不久,德国汉堡警察总监罗舍尔(Roscher)博士制定了"罗舍尔指纹分析法"(又称"汉堡指纹分析法"),后在德语国家得到广泛使用。

★阿根廷指纹专家朱翁·武塞蒂奇(Juan Vucetich)制定了另一独特的指纹分析法,目前在西班牙语国家得到广泛使用。

★1905年,阿瑟·柯南·道尔的《福尔摩斯归来记》(*The Return of Sherlock Holmes*)出版。

★1907年,理查德·奥斯汀·弗里曼的《上帝的指纹》出版。

★1908年(明治四十一年),日本司法省设立罪犯异同识别法调查委员会,同年7月24日决定采用德国的"罗舍尔指纹分析法",并于翌年实施。

★1912年(明治四十五年),日本警视厅首次设立指纹科。

在此,我想首先介绍一下上述历史脉络中提到的出版于1905年的《福尔摩斯归来记》系列中的两部作品。其一为《诺伍德的建筑师》(*The Adventure of Norwood Builder*),该作品描绘了罪犯通过把他人指纹按于墙壁之上的手段使得无辜者蒙受了不白之冤的故事,其具体做法极为简单,首先把他人留在封蜡之上的拇指手纹反印到其他封蜡之上,从而制作出指纹模型,再使用指纹模型蘸上血迹涂于墙壁之上。此外，今日常用的"Finger-Print"一词在这部作品中是以"Thumb-mark"来表达的。

其二为《格兰其庄园》(*The Adventure of Abbey Grange*)，该作品描绘的案发现场有三个酒杯，给人造成了一种有三人在案发时一起饮酒的印象，但福尔摩斯却推断认为当时一起喝酒的人只有两个人。不过遗憾的是，虽然福尔摩斯在推断中很好地利用了现场留下的酒杯，却完全忽视了酒杯上残留的指纹。因此，这一作品描绘下的福尔摩斯好像对指纹鉴别一无所知。

我虽然并不清楚上述两部作品具体的出版年份，但可以肯定的是有关指纹的知识尚未在1905年出版的书籍中得到充分运用。不过，两年后出版的理查德·奥斯汀·弗里曼的作品《上帝的指纹》中已经有了有关伪造指纹的科学性描述。我想这大概与伦敦警察厅在此时设立了指纹科，指纹的作用已得到普遍认可不无关系。

我虽然无法读到埃勒里·奎因介绍的赫伯特·卡德特的那部作品，但仅从其中提到的那部《指纹线索》(*The Clue of the Finger-Prints*)的题名本身即含有"指纹"二字来看，这部作品就很值得给予重视。而更早一些的马克·吐温的作品《傻瓜威尔逊的悲剧》的日译本中虽然出现了"指纹"二字，但由于我手中没有原作，因此只得向作品的译者佐佐木邦先生询问原作中是否也使用了"指纹"的说法，但不巧的是佐佐木先生手中的原作也已遗失。不过，佐佐木先生特意请寓居神户的马克·吐温研究专家西川玉之助老先生（时年87岁）来信为我解答了疑问。根据西川老先生在信中的详细介绍，《傻瓜威尔逊的悲剧》这部作品中确实使用了"Finger-Print"一词。

《傻瓜威尔逊的悲剧》这部作品中的主人公威尔逊是一个怪异的人物形象，他喜欢在玻璃板上收集附近居民指纹。当时的人们对指纹的身份鉴别作用一无所知，因此对威尔逊的这一怪异举动常常嘲笑不已。然而，出乎人们意料的是，威尔逊收集的指纹竟在某一犯罪案件中成了确定罪犯身份的关键线索。因此，在指纹鉴别尚且不为人知的时代背景下，该部作品中的指纹情节设定可谓一项创举。并且，马克·吐温的这部作品具有显著的推理小说特点，因此我认为其在推理小说史上是不容忘却的。

而于东京出版的《幻灯》较之《傻瓜威尔逊的悲剧》还要早两年。想来这部作品及指纹学最早源于旅居日本的英国人这一点与日本有着有趣的因缘。如前文所列有关指纹鉴别罪犯身份这一方法的历史脉络所示，最早在世界上主张将指纹用于身份鉴别的人是在日本东京的筑地医院工作的英国人亨利·福尔兹博士。古畑博士在《指纹学》一文中曾对亨利·福尔兹有过如下一段评述：

　　现今人们使用的指纹分析法在日本被发现的经过是这样的：明治十一年（西历1878年），至东京筑地医院工作的英国医生亨利·福尔兹在观察日本出土的石器时代的土器上所附指纹的过程中,对日本古代把指甲印记、拇指印记、手形印记等作为印章按压于文书之上以为证明之用的做法大感兴趣。通过一番研究后,福尔兹认为可以将指纹用于身份鉴别之上,遂将自己的研究成果投稿于英国的科学杂志《自然》,其稿件在杂志上的刊出时间为明治十三年(西历 1880 年)10 月 28 日。

(上述引文不免给人一种亨利·福尔兹于明治十一年才来到日本的观感,但根据平凡社百科事典中仁科氏的解释,福尔兹自明治七年至十九年一直旅居日本。)

接下来,我再详细介绍一下前述落语家快乐亭布莱克的《幻灯》。该作品的梗概大致如下。伦敦一家名为岩出银行(作者沿用黑岩泪香的翻译手法,将这一英国银行译为日本式名称)的私人银行社长一日在路上偶遇一名行乞少年,他被少年直率的行为所感动,遂将其收留并送其上学读书,后又使其进入自家银行成了一名银行职员。此青年职员头脑聪颖、风采卓然,且为人诚实,因此被岩出社长寄予厚望。

岩出银行的这位社长有位正值妙龄的女儿。在交往中,社长之女对这位青年职员有了好感,而青年职员也有与其结婚之意。然而,社长察觉到这一情况后,并不愿意将女儿下嫁一个乞丐出身的人，于是便狠狠地训斥了青年一番。当岩出社长发现青年职员并不因此而死心，于是便将其解雇，赶出了银行。没想到数日后，岩出社长竟被人杀害于银行的办公室内。案件发生后，那位青年职员自然嫌疑最大，正当其在利物浦港要乘船离开时被警方抓捕，后被投入了监狱。

此时，岩出社长的律师弟弟开始以业余侦探的身份调查案件真相。由于那是指纹鉴别尚不为人知的年代，因此即使案发现场桌子上的一张白纸上清晰地残留着凶犯的血手印，但警察却并未对现场的这一唯一证据进行调查。不过，岩出社长的弟弟倒是知道指纹是能够成为身份鉴别的资料的。以下是对原作中相关部分的引用。在引用时，笔者仅添加了部分标点符号，未对文字做任何修改。

律师（即岩出社长的弟弟）在看到警方侦探出示的印有血手印的那张纸后对警方说：

贵署虽声言此手印不能成为证据，但依余之愚见，此手印是重要的不能再重要的证据。仅凭此一件证据便可断定罪犯身份。在我于四五年前周游世界之际，曾分别在中国和日本短暂停留了一段时间。在此期间，我留意到了这两个国家与英国的一个不同之处，即在认定证明文书时定会使用印章之物。具体而言,是在柘木或金银上雕刻姓名,着以印泥按压于姓名之下。当然,也并非每次都使用印章,有时也可用拇指着以印泥涂于姓名之下,是为按手印。就二者的用途之别而言,平时多用印章,而凡遇极为烦琐之事,特别是接受调查或被取证时则一定使用按手印的方式。例如,中国的男子在当兵之际都会用手掌蘸上红墨印于入伍承诺书之类的文书下方。如此,一旦出现逃兵事态,则可根据手掌印记查找逃兵的下落。起初,我对这一做法颇有不可思议之感,区区一个手印怎么能够成为证据呢?即使将手印印于入伍承诺书下方,又能对查找逃兵下落有何帮助呢?然而,随着进一步研究,我逐步探寻到了其中缘由。按手印这一行为固然是自古沿袭而来的习俗,但人的手掌脉络、皮肤纹路(即手掌隆线)却因人而异。即使集千人之众,则千人之手纹也绝无相同者。正因如此,无论印章如何无法伪造亦无法欺瞒,但相较之下按手印却更加令人放心。彼时以血代墨按下的手形、手印、皮肤纹路皆清晰可见。愚见以为若以此为证据查找罪犯,则可迅速解开真相。①

通过一番解释,律师终于说服警察命令岩出银行社长的家人及

---

① 作者布莱克虽然日语娴熟,但毕竟是外国人,因此其日文原作中多有"てにをはが"等日语助词的缺失之处。由此也证明此速记作品是忠实于作者的表演实况的。

用人逐一在纸张上按下手印，并与案发现场的那份血手印进行了比对。由于肉眼观测的局限性，于是警方便准备了两台幻灯设备，通过幻灯放大手印，在警察及其他相关人员的见证下进行了仔细的比对。由于当时使用的为实物幻灯机，这在当时的日本尚属稀罕物，因此布莱克在作品中对此做了详细的说明。

此幻灯设备分为几种。将字书写于玻璃板之上，使用钳子固定后投影于白纸或墙壁之上，这种幻灯广为世人所用。还有一种在学校常用于为学生放映的幻灯设备。这些幻灯设备不过玩物而已，在学问上并无何功效。而显微镜则胜之几筹，无论何等细微之物，只要置于此设备之下皆可放大至数倍。因此，若能以显微镜调查案件，则万事皆可获大白。另有学者专用的昂贵幻灯设备，在此设备下的非透明物，如纸质照片或明信片等物，以及置于布料包裹中的物品等皆可一目了然。今日岩出竹太郎（律师的名字）带来的即为此学者专用的幻灯设备。

通过幻灯设备比对后找到的真凶并非青年职员，而是银行的一名杂务员。最终，青年职员与银行社长之女有情人终成眷属。该作品特意使用两页的空间，以插图的形式对实物幻灯设备放映出的手印画面予以了展示。只见巨大的手印映于白布之上，五根手指指尖的环状指纹、蹄状指纹等清晰可辨。此外，该作品封面采用的是当时流行的西洋风颜色石版印刷，只见一张桌子上摆放着一台实物幻灯机，一旁则站立着一位身着紧身内衣、臀部被有意放大了的洋装女郎，其一只手中拿着的一张纸上印着的是一个血手印。不得不说，这一封面颇具美感。

至于《幻灯》这部作品究竟为布莱克的原创，抑或当时英国某一作品的模仿之作就不得而知了。不过，就像后文所述的那样，既然布莱克的"讲谈"中还有黑岩泪香翻译的英国流行作家玛丽·伊丽莎白·布雷登（Mary Elizabeth Braddon）女士的作品，那么我想《幻灯》也应源于英国的某一作品吧。至于原作究竟为何作，在日本要想查找到在推理小说史上一个无名作家的作品实在是有些为难了。

正冈容曾在昭和二十二年（1947年）1月号的《宝石》杂志上刊出一篇题为《英人落语家布莱克的推理小说》的随笔，就《幻灯》这一作品的作者有过如下评述：

> 明治时期，在论及西洋人的话题时，常常以英人落语家快乐亭布莱克与三游亭大圆朝①及初代谈洲楼燕枝②相提并论。

---

① 日本幕末至明治时期的著名落语家（1839—1900），本名出渊次郎吉，三游派落语的宗师，人称"大圆朝"。

② 日本幕末至明治时期的著名落语家（1837—1900），本名长岛传次郎。

（中略）布莱克于幕末作为记者随其父来日，与其父一道兴办报纸《日新真事志》。明治初年，在自由民权运动下演说风潮的影响下，布莱克先是投身于街头演说，后转而热衷于"讲谈"，最终竟成三游派的一方重镇，于大正癸亥年大地震前后辞世。在本朝"寄席文化"①史上留下浓墨重彩一笔的异国人，除了吉庆堂李彩②、音曲师约翰·帕莱外便是快乐亭布莱克了。

正冈容在上述随笔中还提到他一共收藏有五部布莱克的讲谈速记本，分别为《岩出银行血染的手形》《流晓》《车中毒针》《孤儿》《草叶露》，而《幻灯》这部速记本虽也曾一度收藏，但在战时向乡下疏散途中遗失。不过，正冈容没有注意到的是，《幻灯》与《岩出银行血染的手形》的内容是完全相同的。以下为布莱克讲谈速记本的出版信息：

★明治二十五年（1892年）6月，讲谈落语杂志《东锦》第3号上全文刊载了布莱克的演出实录《岩出银行血染的手形》，由石原明伦速记。

★明治二十五年（1892年）12月8日，更名为《幻灯》，由今村次郎速记，京桥本材木町的三友舍发行。我所收藏的便是这一版本，

① 兴起于日本江户初期的剧场文化。
② 本名李德福（1879—1945），20世纪初赴日后成为日本著名的奇术师。

四六版,硬质厚封皮,着色石版印刷,正文共计97页,大小与黑岩泪香的小型版作品完全相同。

★明治三十五年(1902年),在今村次郎速记的名义下,由浅草的弘文馆再度以"岩出银行血染的手形"为题出版。《幻灯》这部作品的出版经纬大致如上。此外,村上文库中的《明治文学书目》对布莱克的著述有着详细说明,具体如下:

★明治十九年(1886年)12月,《草叶露》布雷登女士原著,布莱克口述,市东谦吉笔录,芳年画,上下两册合集出版,四六版,共234页。

★明治二十四年(1891年)9月,推理小说《蔷薇姑娘》布莱克译(原著不详),今村次郎速记、三友舍发行,四六版,硬质封皮,共292页。

★明治二十四年(1891年)10月,《流晓》布莱克讲演,今村次郎速记,四六版,硬质封皮,共261页。

★明治二十四年(1891年)10月,推理小说《车中毒针》布莱克口述,今村次郎速记,四六版,硬质封皮,共186页。

★明治二十四年(1896年)7月,英国小说《孤儿》金樱堂,菊判,共174页。

再加上前述出版于明治三十五年(1902年)的《岩出银行血染的手形》,共计七册。或许布莱克还有其他作品出版,但目前我尚不掌握相关资料。我收藏的作品仅有上述《草叶露》《幻灯》《车中毒针》三册。

[《宝石》昭和二十五年(1950年)12月号]

第十五章

原始法医学书籍与推理小说

当我们把推理小说的历史追溯至《棠阴比事》时，便可发现原来法医学「判案物语」、推理小说三者的源头其实是一致的。若从实用的立场看，这类作品可作为法医、判官等人的参考书籍。而从娱乐的立场看，这类作品则成了推理小说。

虽然现代推理小说是于明治时期由西方传入日本的,但却并不意味着此前日本完全没有类似于推理小说的作品出现。大冈政谈等人笔下的"判案物语"便属此类。

而正式出版的此类著述最早为中国宋代《棠阴比事》的日译本(平假名书写)《棠阴比事物语》(庆安二年,1649年)。当然,《棠阴比事》原著的翻印版在日本出现的时间要更早一些。其次为儒医辻原元甫的《智慧鉴》(万治三年,1660年),其内容大部分沿袭了中国明代的《智囊》一书,收录其中的故事主要涉及政治、军事及其他百般世事的智谋权术,其中第三卷《察智》即为"判案物语"。

接下来面世的作品为井原西鹤的《本朝樱阴比事》(元禄二年,1689年),该书题目虽然仿自《棠阴比事》,但内容却不尽相同。此外,虽然也有《日本棠阴比事》《镰仓比事》,曲亭马琴的《青砥藤纲模棱案》等,但年代较早的作品则是井原西鹤之前的三部。

中国的推理小说除了上述的两部之外,还有《包公案》《狄公案》《彭公案》《龙图公案》等众多公案系列"判案物语"。由于这类公案系列故事成书出版的年代较晚,因此对曲亭马琴的《青砥藤纲模棱案》带来的影响十分有限。

那么,《棠阴比事》是否就是最早的此类著述呢?事实上并非如此,还有更早的作品。《棠阴比事》的作者桂万荣在该书序文中曾指出他的这部作品是模仿《洗冤录》《晰狱龟鉴》两部书写就的。这两部书虽然同样出自宋代，但显然要早于《棠阴比事》。

不过，《洗冤录》等作品已非娱乐性读物，而是法医学书籍。该书系统记述了有关刀伤致死、殴打致死、溺水致死、火焚致死、缢死、毒死、强奸致死（包括鸡奸死亡）等所有死尸检测的专业知识，且有实例相结合。其中甚至有关于年月已久仅剩骨架的尸体的详尽研究。在距今如此遥远的年代竟然有如此详细的法医学书籍问世，这实在是令人惊叹不已。

而《棠阴比事》则并非如此刻板之作，而是一部"判案趣闻录"。作者把相似的两个案件组成一对，共72对案件收录于该三卷之作中。作品题目中的"比事"即从对比两个相似案件之意而来。以现今的观点看，这像是一部汇集了著名判官机智故事的长篇小说集。然而，在成书之际，与其说该作品是一本趣味读物，倒不如说其作为判官参考书籍的意味要更加强烈。据说作者的写作初衷也大致如此，且该作品作为一部优秀的参考读物深受判官及检方等重要职务人员的喜爱。

虽然目前我尚且不知《棠阴比事》的原版作品何时传入日本，又是如何广为传颂的，但可以想象的是该作品在日本应该也被视为重要的参考书籍而广为判官所阅读。而于庆安二年出现的假名版日译本起初应该也是作为参考书籍而广为传阅的。

《棠阴比事》中描述的72对案件中的大部分在现在读来想必并

没有什么有趣之处，但其中也绝非全无有趣的案例。"亲母官司"等便是其中的有趣案例。而作为原始法医学案例，我认为其中的"张举猪灰"和"传令鞭丝"是最能引人深思的两个案件。

前者讲的是如下故事。一个妻子将亲夫杀害后谎称家舍遭人放火，亲夫不慎葬身火海。判官（吴张举）在接到这一案件后，令人将两头猪带到公堂之上，一杀一活，积薪而烧之。在随后检查两头猪的口腔时，发现其中提前杀死的那头猪的口腔中无一丝烟灰，而另一头猪的口腔中则因在烈火中拼命挣扎而充满了烟灰。然后，判官经过检查发现死者口中并无丝毫烟灰，遂以焚猪实验为据判定那名妻子的主张为伪证。

后者讲的是一位卖糖的老婆婆与另一位卖钉子的老婆婆为一团丝线而争执不休的故事。二人都声称丝线为自家之物，于是便诉诸公堂以求公断。由于没有任何其他证据，因此这一案件的解决看上去颇具难度。不过，判官倒是想出了一条妙策，他令人将那团丝线悬于公堂天井之上，再令人用棍棒用力敲打线团。几经敲打之下，线团下方的地面上渐渐出现了一层细细的铁屑。如此便可证明那团丝线曾在钉子铺中长时间放置过，由此卖钉子的老婆婆最终获得了胜诉。

通过显微设备检查犯罪嫌疑人衣服上不为肉眼所见的附着物，以达到辨别其职业及最近所处环境的方法，即"显微鉴定法"是汉斯·格罗斯(Hans Gress)①及艾德蒙·罗卡(Edmond Locard)②之后的事情了。最近出现了使用真空吸尘器等设备吸取衣服上所附灰尘的方法,而最初普遍的做法是把衣服脱下后置于大号纸袋中,再用棍棒轻轻敲打袋子,而后使用显微设备检查沉积于袋子底部的灰尘。据说,日本警视厅直到近年仍在使用这一方法。前述"传令鞭丝"故事里两位老婆婆争夺线团的案件中用到的方法的原理与上述"显微鉴定法"是相同的。距今如此久远的作品中竟已出现了"显微鉴定"的萌芽,这确实令人感到非常有趣。此外,顺便要说的是,《棠阴比事》中"传令鞭丝"的故事取自于南朝正史《南史本传》。

当我们把推理小说的历史追溯至《棠阴比事》时,便可发现原来法医学、"判案物语"、推理小说三者的源头其实是一致的。若从实用的立场看,这类作品可作为法医、判官等人的参考书籍。而从娱乐的立场看,这类作品则成了推理小说。我想如此形态的著述大概是东方所独有的,西方应不存在这样的作品。

[《自警》昭和二十六年(1951年)9月号]

---

① 汉斯·格罗斯(1847—1915),澳大利亚刑法学者。
② 艾德蒙·罗卡(1877—1966),法国法医学家、犯罪学家。

第十六章

惊悚诸说

试图将惊悚元素从推理小说中排除出去的『洁癖』最终只能导致推理小说这片土壤的贫瘠。与其如此，不如使推理小说的『逻辑』与犯罪文学的『心理』结为夫妻，将二者的魅力融为一体。推理小说的未来不正在于此吗？

现在回想起我开始着迷于推理小说时的心境,首先是被推理小说作为理智文学、谜性文学、魔术文学的魅力所吸引,其次是为推理小说或犯罪文学所具有的惊悚感的魅力而心醉不已。这两种魅力在推理小说中虽然是同时存在的,但后者有时要远超前者。有这种心境者并非仅我一人。我认为热爱理智文学之心与热爱惊悚感之心既不同又相同。埃德加·爱伦·坡也向我们很好地展示了他对推理小说的这两种热爱。推理小说的开山鼻祖埃德加·爱伦·坡对推理小说的爱之深是毋容置疑的,但同时他对惊悚感的心醉程度甚至要超越这份爱。惊悚小说在埃德加·爱伦·坡之前无人涉足,因此他还是惊悚小说的创始人(或许有读者对我把埃德加·爱伦·坡视为惊悚小说作家心存异议,但读者们应当非常清楚我所说的惊悚为何意)。我认为并不能完全否定日本众多的推理小说爱好者对惊悚感之爱好有超越对理智之爱好的倾向。毋庸置疑,L. J. 比斯顿(L. J. Beeston)与莫里斯·勒韦尔(Maurice Level)二人显然是不同意义上的惊悚作家。我认为日本的推理小说读者对这两位作家作品的狂热推崇是没有哪个国家可以比拟的。日本的翻译家延喜谦先生曾经由书肆向比斯顿转交过一封信件,比斯顿在回信中对在异国他乡找到一个知己而欣喜不已,同时也提到他的作品在其本国并不那么流行,仅出版了一两册单行本。

我还记得延喜谦先生曾笑言:"如果我邀请他(比斯顿)来日本

的话,他一定会欣然移居日本的。"从莫里斯·勒韦尔作品在日本之风靡,以及日本读者对理智与惊悚作品超乎寻常的爱好而言,日本的推理小说爱好者与推理小说开山鼻祖埃德加·爱伦·坡是一脉相承的。我想这么说并没有什么不妥。

　　推理小说作为一种逻辑文学,惊悚感并非其必要元素。丝毫不含惊悚元素的推理小说虽然并非完全不可能,但终究只是空中楼阁,不包含任何惊悚元素的推理小说在现实中是不存在的。甚至有纯逻辑文学之称的埃德加·爱伦·坡的《玛丽·罗杰疑案》(*The Mystery of Marie Rogêt*)也是基于紧扣现实的作品,如果去除其中与现实事件的不可思议的契合之处,那么该作品的魅力将毫无疑问地至少减半。换言之,基于现实事件为模板的作品中的杀人案件的惊悚感占据这一作品的一半空间。

　　道格拉斯·汤姆森(Douglas Thomson)在《推理小说作家论》(*Masters of Mystery*)中的"惊悚小说"(*Thriller*)一章中以其惯常的写法列出了为数众多的惊悚文学作品,古希腊诗人荷马的《奥德赛》、莎士比亚的《麦克白》、埃德加·爱伦·坡的《陷坑与钟摆》(*The Pit and the Pendulum*)、狄更斯的《艾德温·德鲁德之谜》(The Mystey of Edwin Drood)、威尔基·柯林斯(Wilke Collins)的《月亮宝石》、埃米尔·加博里奥(Émile Gaborian)及鲍福的诸作品均以各自的特点位列其中。戴维·福斯特·华莱士(David Foster Wallace)、爱德华·菲利普斯·奥本海姆（Edward Phillips Oppenheim）、勒·屈伊乌（Le Queux）、萨克斯·罗默（Sax Rohmer）等人的惊悚小说作家身份是毫无疑问的，而道格拉斯·汤姆森认为戴维·福斯特·华莱士、阿尔弗雷德·爱德华·伍德利·梅森（Alfred Edward Woodly Mason）、约翰·古尔德·弗莱塔（John Gould Fleta）三人不仅是惊悚小说作家，也是惊悚推理小说作家。

按照上述道格拉斯·汤姆森的想法，伊登·菲尔波茨、埃德蒙·克莱里休·本特利、菲利普·麦克唐纳（Philip MacDonald）等人的作品似乎也可算作惊悚小说，但至少把菲尔波茨、梅森、本特利等人视为惊悚小说作家有些不太适合。我觉得充其量把华莱士、勒·屈伊乌、奥本海姆、萨克斯·罗默视为惊悚小说作家应是较为稳妥的。"Thriller"这一词语的内涵并不仅限于道格拉斯·汤姆森在《推理小说作家论》一文中用到的一种，更多情况下这一俗语是被用作轻蔑之意的。人们很难从"那是一部'Thriller'（惊悚小说）"这样一句话中听到任何敬意。因此，从"Thriller"这一词语的常用用法而言，把埃德加·爱伦·坡及狄更斯的作品称为"Thriller"总让人觉得有些不妥。

虽然道格拉斯·汤姆森列出的诸作品与"Thriller"这一通俗词语毫不相干，但不可否认的是这些作品中均包含有一些重大的惊悚元素。甚至可以说，自古以来的文学大作几乎毫无例外地都散发着惊悚感的魅力。我想这么说并不为过（不过，惊悚也分多个层级，"Thriller"这一俚语几乎等同于"使人惊惧""惊恐的眼泪"之意，以至于该词给人一种仅适合用于形容低俗惊悚的作品）。我甚至觉得毫无惊悚元素的推理小说是不存在的。从倾向性而言，道格拉斯·汤姆森列出的柯林斯、加博里奥、梅森等人虽然大多为浪漫主义作家，但完全居于对立面的理智小说中也包含重大的惊悚元素，这大概是令人感到意外的。例如，阿瑟·柯南·道尔的诸作品在作为谜性文学的同时，作为惊悚文学的力度也是毫不逊色的。我想无须再做过多说明，读者们只要稍加回想，便可立刻发现无论是道尔的短篇作品还是长篇小说，每一部中的惊悚元素发挥的重要作用都令人回味不已。回味过后，读者们一定会发现谜性的魅力与惊悚的魅力难分伯仲，很难从中作出选择。仅以阿瑟·柯南·道尔最受欢迎的《斑点带子》这一部作品（该作品在《观察家报》等的人气投票中居于首位）为例，如果去除该作品中有关密室中恶魔伏击带来的恐怖、令人惊颤异常的口哨声、斑点毒蛇等惊悚元素后，到底还能剩下些什么呢？

　　如果以上阿瑟·柯南·道尔的例子不够充分，那么就再来看看范·达因及埃勒里·奎因的作品。《格林老宅谋杀案》这一作品中也不乏惊悚元素，如一处老宅中接二连三的谋杀事件带来的恐怖、徘徊于深夜老宅内的老婆婆带来的惊惧、真凶为楚楚可怜的小姑娘所带来的惊悚、被汽车疯狂追杀的心悸等。至于《主教杀人事件》这部作品，毫无疑问的是童谣与凶杀的结合是其中最大的惊悚元素。如果将这一巧妙的惊悚元素移除，这部作品将在很大程度上黯然失色。

范·达因的这两部小说如此，埃勒里·奎因的作品同样如此，例如其作品中出现的刑法，即将人捆绑于T字架上后，挥刀斩首带来的惊悚便是很好的注解。事实上，无论其哪部作品都包含某些重大的惊悚元素。这一点是无可否认的，也无须赘言。各位读者可以随意回想一下各自印象深刻的某部推理小说，静静地思考一下其中最具趣味之处到底是什么，是破解谜案的逻辑魅力？抑或谜案本身所包含着的惊悚魅力？我相信思考过后，或许读者朋友们会惊讶地发现一直以来被人蔑视的惊悚感在推理小说的趣味性中竟出人意料地占据很大比重。

　　杀人（或其他犯罪）案件虽然并非推理小说创作的必要条件，但世界上的推理小说作家却不约而同地把杀人案件用于创作活动中。究其缘由，是因为他们都在追求惊悚效果。与犯罪案件一样，惊悚感也并非推理小说创作的必要条件。但无可置疑的是，现实中的所有推理小说都无一例外地将惊悚感作为一大元素吸纳其中。

　　那么，惊悚究竟为何物？我想如果被问及这一概念，大概所有人都只能含糊其辞，不能给出一个准确的答案。惊悚一词虽然自古多为诗人及文学家所使用，但却是各有各的用法，并未被赋予某个确定的意思。特别是后来出现的"Thriller"一词，恰如英语字典中的注解那样，这只是一个"俗语"，在文学辞典中是如何也找不到这一词语的。话虽如此，但也不可自以为是，因此我在写下上述文字前曾特意查阅了《牛津英语词典》《韦氏大词典》《世纪英语词典》等大型词典,其中所列"Thrill"一词作为及物动词的意思有如下四种:①使用锥状等尖锐物穿插,②使物品震颤,③受到强烈的感动、身体震颤或内心悸动般的欢喜及悲伤等激动情感,④投掷枪或矛等物。而该词作为不及物动词具有"根据……进行类推"之意,作为名词的意思则由动词转化而来。也就是说,该词原有之意表达的是使用尖锐物穿插、使震颤等具体动作,而上述③表达抽象情感的意思则由这一原始意思转化而来。一言以蔽之,我认为可以把惊悚理解为由外在因素带来的快感(Pleasure)、痛苦(Pain)等激烈情感。

这种激烈情感存在无限层级,何种情感为惊悚是因惊悚读物受众的情操、知识水平不同而变化的。因此,我认为把惊悚的层级视为惊悚读物受众的思想层级并无什么不妥。拥有数十万读者群的娱乐杂志所青睐的惊悚事实上并不适用于一小撮的知识分子。必须明白的一个事实是,一小撮知识分子虽然嘲笑那数十万读者所钟情的惊悚读物为"Thriller",但同时这一小撮知识分子爱不释手的惊悚读物却又是更高层级者的蔑视对象。这就叫人外有人,天外有天。

从具体事例而言,日本历史上高昂的军国主义情怀便是快感型惊悚。一排排日本小学生挥舞着手中的国旗,站立于停车场上热烈欢呼军队的凯旋,他们的耳边一边回响着激昂的军乐,一边眺望着从眼前经过的雄壮队伍。这一场景不禁令人感受到一种寒毛直竖的惊悚。爱情的顶点是惊悚。无论男女之爱或亲子之情，其顶点都存在着一片既不见人影又不见世象的，令人心灵震颤而又喜极而泣的境地。这一境地恰恰是快感型惊悚。再以其他事例而言，战场上也存在着惊悚，例如伴随着"冲啊"声中的冲锋场景带来的激荡人心的激情、武士交手前的一番舞拳弄脚等也能令人惊悚不已。而观赏性的所有竞技运动，例如拳击运动也能给人带来惊悚感。当这些情感在文艺作品中被巧妙地描绘出来时，自然同样能给人以惊悚的观感。

痛苦（Pain）型惊悚首先是恐怖感（或许有些人认为只有恐怖这一激烈情感才是惊悚，但就像字典中解释的那样，惊悚并不仅限于恐怖感）。一方面，杀人、满目血迹、千刀万剐的行为、倒立磔刑、电锯声，以及其他杀人行为及刑罚带来的肉体性惊悚，人体解剖、毒杀、疾病、手术等医学性惊悚，丧命天涯无落脚之地的罪犯身上散发着的令人难耐的恐怖、被追杀的惊悚，从悬崖峭壁或摩天大厦上坠落而死的恐怖、于猛兽领地或野蛮部落冒险带来的惊悚均属此列。另一方面，由魔鬼、幽灵、游魂、神罚、灵异现象等未知事物产生的惊悚等亦属此列。毋庸置疑，这类惊悚虽然多为奇异小说、犯罪小说、冒险小说、怪谈等作品所采用，但同时也大量出现在推理小说中。

接下来是悲伤型惊悚。这类惊悚几乎与推理小说无缘，多为恋爱小说、家庭小说及所谓的悲情小说所钟爱。破镜的悲愁(《不如归》①等)、贫苦病痛的悲愁(《笔屋幸兵卫》②等)、以幼童为题材的催泪惊悚(《无血缘关系》③)等均属此类,其种类不可谓少。此外,我认为还可以把愤怒情感的极端表现视为一种惊悚。虽然从读物中很难找到适合的实例,但歌舞伎表演中却不乏其例,例如欺负美男子的恶人、折磨媳妇的恶毒婆婆等剧目达到高潮时,有时会令观剧的小姑娘掩面而泣,甚至会有愤怒的观众操起脚下的蒲团朝着舞台狠狠地掷去,这些也是一种惊悚。

以上所列激烈情感属于那种不问知识水平的高低,不分情操熏陶的有无,凡识字者便无一例外能够理解的通俗易懂的惊悚。即使是最为原始的激烈情感,也可通过在创作手法上下些功夫而使其脱离通俗气息。例如,就像因被胳肢而毫无掩饰的大笑一样,如能有意识地把"因感动而落泪""使人惊惧"等情感如实而生动地描写出来的话,即使那些描写中没有任何洞察之处,但作为一部作品是一定不会被人蔑视为"Thriller"的。各位读者可能会发现越是通俗的作品中越是充满了"瑟瑟发抖""震颤不已""心惊肉跳""直冒冷汗""怦怦直跳""吓了一跳""倒吸了一口冷气""吃了一惊""吓得啊啊大

---

①《不如归》,作者为德富芦花,出版于1900年。
②《笔屋幸兵卫》,歌舞伎曲目之一,又名《水天宫利生深川》。
③《无血缘关系》,作者为柳川春叶,1912年连载于《大阪每日新闻》。

叫""吓得呀呀乱叫""惊叫一声""一声惊呼"等词语。这些词语恰恰
将惊悚表现得淋漓尽致,因此它们在通俗作品中频频出现也是在情
理之中的(在上述各种惊悚中,与推理小说渊源较深的为恐怖型惊
悚。虽然本无必要在此提及其他类型的惊悚,但我论及这些的目的
只是为了提醒一下读者除恐怖感之外的快感及痛苦中也同样存在
惊悚感。因此,虽然喜悦、悲伤、愤怒的情感中同样存在高层级的惊
悚,但我在接下来的论述中均将这些略去,而仅把关注重点局限于
恐怖型惊悚之上)。

　　然而,惊悚并非仅仅局限于上述原始情感中。在原始情感之上
还存在另一种更为复杂、更加深刻的一系列惊悚,这类高层级惊悚
内含智慧因素,其带来的恐怖感尤甚,只有经过一番思考才能感受
得到。

　　如果要我现在就举出一个这样的例子,那么我想到的是关于人
身陷泥沼时的惊悚。具体而言,当你身陷泥沼时,纵使你身体再强
壮,也毫无力量去对抗深不见底的泥沼。这时的你越是挣扎越是一
寸又一寸地向下沉没而去,这就是表面上看似固体的泥沼带给人的
异样的恐怖感。在一段很长的时间内,泥沼将逐渐从你的腰际没到
腹部,再从腹部没至胸口、颈部、下颌、嘴唇、鼻子,最后仅剩下手指,
而等到手指消失后,泥沼则恢复如常,像是什么都未曾发生过一般。
所有这些产生恐怖感的条件是任何妖魔、任何严刑拷打都无可比拟

的,它产生的是更加深刻而尖锐的惊悚。

　　再比如,遗失指南针而行走于漫天黄沙的沙漠中的旅行者同样会产生无比的恐怖感。放眼望去尽是黄沙,天空也被灰蒙蒙的云层覆盖着,看不到太阳、月亮、星辰等所有可供识别方向的参照物。旅行者在这种情况下唯有凭着感觉深一脚浅一脚地走下去。然而在行进的过程中,旅行者突然想到"人的双脚在走路时的左右偏向幅度是否是相同的?""不不,绝无相同的可能""如果右脚的偏幅多出左脚一分,那么十步便是一寸,百步便是一尺,千步万步百万步之后岂不是会产生巨大的差异?"也就是说,按照旅行者的思维,他将在沙漠中沿着一个巨大的环形路线永久地跋涉下去。现实中虽然也会发生类似情况,但旅行者的这种想法较之现实更能令人陷入无限恐怖之中。这一状况下,旅行者大概只得停下脚步而不知所措了。此外,还有被埋葬于地下又苏醒过来的惊悚。一个被深埋于地下棺椁中的"死者"突然醒来,任凭其呼天喊地、手刨脚蹬却如何也无法逃离困境。这一想象中的(即文学性的)恐怖感带来的是远甚于现实的另一种惊悚。

　　还有一种夹杂了复杂因素的惊悚,即存在于幻想与梦境中的惊悚。出现于鸦片吸食者梦中的数十倍于现实的宏大景象及人物也能令人寒毛直竖。从这一意义上而言,可以说托马斯·德·昆西(Thomas De Quincey)的《一个吸食鸦片者的自白》(*Confessions of an*

English Opium-Eater）中便包含有深刻的惊悚元素。与此相关联的，还有一种名为电影的恐怖。谷崎润一郎的《人面蛆》便是一部以巧妙手法成功将这类惊悚描写出来的作品。如此，惊悚从单纯的情感型惊悚进化为融合了知识在内的高层级惊悚。

那么，究竟为何错觉、遗忘、意识盲点等与推理小说有着深厚的渊源呢？这必定是因为这些心理现象中本身便存在着无限的惊悚。埃德加·爱伦·坡的《斯芬克斯》（*Sphinx*）便是一部以一只死人头蛾能够感知到大怪兽要下山而来的错觉为主题的作品。而《陷坑与钟摆》（*The Pit and the Pendulum*）则是另一部以错觉为主题的作品，只不过这部作品中出现的是发生于一片黑暗中的错觉。具体而言，被关进一处漆黑地下室的一人用双手摸索着墙壁在室内探索，由于墙壁上被设计出了无数个拐角，因此明明只是一间普通的方形房间，但那人却产生了一种自己被关到了一处无限大幻境之中的错觉。而有关意识盲点的恐怖是如何频繁出现于国内外短篇推理小说中的这一问题，应该已经无须在此做更多解释了吧。

近代英美长篇推理小说采用某种"一人两角色"推理设定的比例高达八成，简直到了令人惊诧的地步，但这并不代表作者们欠缺智慧，而是恰恰证明了"一人两角色"的恐怖拥有着极为深刻的魅力。这种恐怖也与双重人格的传说相关联，其代表作品为罗伯特·路易斯·史蒂文森（Robert Lewis Stevenson）的《化身博士》（*Strange*

Case of Dr Jekyll and Mr Hyde），也可以将这类惊悚称为“双重人格型惊悚”。此外，“一人两角色”中还存在着有关双胞胎的推理设定，这种恐怖感的代表作品为埃德加·爱伦·坡的《威廉·威尔逊》（*William Wilson*）、艾赫尔斯（Ewers）的《布拉格的大学》（*Der Student Von Prag*）等。我认为完全可以把这类惊悚命名为“威廉·威尔逊型惊悚”。试想如果这世上的不知何处存在着一个和自己身高脸庞毫无差异的人（或许其就游荡于自己的身边），也不知道其在策划着什么罪恶勾当，这种心境下感受到几乎难以忍耐的恐怖。想象一下如果你在纷扰的人群中，或在黑夜于一处人影稀疏的十字路口突然遇到那个与自己一模一样的家伙，那场景中必定包含着令人惊恐万分的惊悚感。一个人的双重存在带来的恐怖可以和镜子带来的恐怖联系起来。镜子或影子在某些情况下能够给人带来强烈的惊悚感，这种惊悚感虽然不一定是普通情感，但正因如此，其较之生命的恐怖及鬼怪的恐怖要更加特殊，因而应当属于更高层级之列。

至此，惊悚的层级并未穷尽。还存在一种更为纯粹的心理上的，筑巢于人内心的一种战栗。我认为自古的文学大作中大多都含有这种惊悚，且这种惊悚可根据受众的情操及知识水平的高低而到达人内心的无限深处。若要举出一个距离我们最近的无人不知的作品为例，那就应当是埃德加·爱伦·坡的《反常之魔》（*The Imp of the Perverse*）。该作品中出现的惊悚便是这类惊悚的典型代表。具体而言，该作品中出现的一位身犯谋杀罪的男子明明只要保持沉默便可一生安然无恙，却无论如何也忍受不了那份沉默。他越是在内心里压制那种"不要说出去，不要说出去"的想法，那一想法却越发难以压制，以至于心中暗藏着的那段故事眼看着就要从喉咙里一跃而出，甚至还要在嘴边架上一支扩音器。这真是一种令人绝望的恐怖。最终，这男子竟然选择了一处熙熙攘攘、纷扰至极的地方来告白自己的罪行。他居于人群正中央，战战兢兢地，像是被内心的恐惧吓破了胆，以扩音器传出来一般的空旷苍凉的声音告白了自身的罪状，旋即他便被赶来的巡警逮捕而去。

以下有关惊悚作品之例的解释可能稍有不同。陀思妥耶夫斯基的《罪与罚》中也存在一种与上述类似的惊悚。该作品中的主人公拉斯柯尔尼科夫在犯下杀人罪后不久按捺不住想看一看报纸上是如何报道他的那一案件的想法。于是，拉斯柯尔尼科夫来到一家咖啡店，点了一杯咖啡后便要来一摞报纸，专心致志地阅读起有关其犯罪案件的报道来。正当其阅读得正在兴头上时，突然一抬头发现桌子的对面来了一个令其心中一阵紧张的人物。那人叫扎梅托夫，一个一直怀疑拉斯柯尔尼科夫是作案凶手的法院书记官。二人互致问候后，扎梅托夫若无其事地凑过身体问道："你在读什么呢？这么投入？"拉斯柯尔尼科夫则一边轻描淡写地说着："原来这就是你一直迫切想了解的事情吗？来来来，让我告诉你！你看，我借来这么厚一摞报纸,到底在读些什么呢?"一边猛然把脸逼近对方鼻子前,压低声音甩出一句话:"我如此埋头阅读的啊,是那个案件,那个老婆婆遇害的案件!"言毕,这对死敌的身体便僵持在那里,眼睛死死地相互盯着,沉默了整整一分钟。

这时,服务员恰好前来收取咖啡费用,拉斯柯尔尼科夫忽地从口袋里抓出一沓钞票,一边甩动着给扎梅托夫看,一边以压抑不住的颤抖声音说道:"看清楚了! 这是多少钱?! 二十五卢布! 知道哪儿来的吗? 你应该很清楚吧! 前不久我还是身无分文的穷光蛋呢!"

提到陀思妥耶夫斯基,毫不夸张地说,其任意一部作品都是我所主张的心理性惊悚的宝库,如同百科辞典一样网罗了这世上几乎所有类型的惊悚。如果把陀思妥耶夫斯基称为惊悚小说作家,大抵是要受到人们的斥责的。但是,我想如果大家能尝试从该角度再次审视一下其作品的话,一定会惊讶地发现无论哪一部都是惊悚感的宝藏。对我而言,陀思妥耶夫斯基的作品是百读不厌的。之所以百读不厌,是由于其中到处都飘逸着令我流连忘返的惊悚感。我想如此断言并无什么欠妥之处。

《卡拉马佐夫兄弟》的开头部分往往被大多数人认为是很无聊的,但其中出现的佐西马长老传中便充盈着出色的惊悚元素。当然,该作品中并非仅有恐怖型的惊悚,还有地狱型惊悚及天堂型惊

悚。用一个稍显怪异的词语来形容的话,陀思妥耶夫斯基称得上是
"惊悚恶魔"或"惊悚之神"。

在此,我仅列出我最为喜爱的佐西马长老传中的一项惊悚元
素,以为例示。青年时代的佐西马曾因爱情与情敌进行过一场决
斗。决斗中,佐西马仅令对方朝着自己开枪,自己却放弃了开枪的
机会。此后,佐西马的这一神圣思想对其人生发挥了巨大作用。不
久,佐西马便在社交界崭露头角,并迅速受到了人们的追捧。于是,
各色人等都争先恐后地接近佐西马,其中便有一位既有地位又有财
富的五十岁左右的绅士。这位绅士自从结识了佐西马后便几乎每
天都来拜访。绅士在交谈的过程中向佐西马透露了自己曾因痴迷
于一女子而杀了人,并向佐西马保证将向世人公开他的这一秘密。
绅士之所以作出这一决定,是因为他在得知了佐西马于决斗中做出
的神圣般举动后,便再也按捺不住要向世人公布自己罪行的冲
动了。

然而,绅士却迟迟不付诸行动,只是如往常一样每日前来拜访
青年佐西马,且每次都会反复追问:"一旦坦白了这个秘密,我将进
入怎样的一个天国呢?"如此日复一日,绅士每日到访之际都脸色苍
白,一副优柔寡断的样子。有一次,绅士对佐西马说了这样一段话:
"我从你看我的表情中读懂了你的想法,你一定在想我为什么还不
公布自己的秘密呢?请你再等一等,这件事不是你想象的那么简

单。或许我会选择不公开这件事情。如果那样的话,你会揭发我吗?"听到这段话后,佐西马对这位绅士的苦恼感到了丝丝恐惧,甚至不再敢于正视绅士的眼睛。"我刚刚是从妻子那里来到你这里的。你应该不明白妻子和孩子对我意味着什么。即使他们能够原谅我,我也将终生陷于痛苦之中。我是不是应该把妻子和孩子一同毁灭掉呢?"只见这位绅士轻启着干裂的嘴唇喃喃自语着。绅士的这番话让佐西马觉得"看来他坦白自身罪行的想法是真的"。

最后,绅士说了句"我决定了,我要坦白自己的罪行。我不会再来见你了"后便离开了。然而,片刻之后绅士却以忘记了什么东西为由又回到了佐西马的住处。绅士坐在青年佐西马对面的椅子上,眼睛一眨不眨地盯着佐西马看了足足有两分钟之久,而后突然脸上露出一丝微笑,把佐西马吓了一跳。绅士随即站起走到佐西马身边亲吻了一下他的脸颊。看来,绅士这次是真的要回去了,可他在临别前对佐西马留下了一句莫名其妙的话:"请你一定记住我又来了一次。好吗?请一定记住!"

翌日,绅士在自己的宅邸内当着召集而来的众人的面坦白了自身的罪行。然而,不只是普通人,就连法院的人也对绅士的那番话半信半疑。之后不久,绅士便因病死去。佐西马曾在绅士病重期间赴其宅邸看望,绅士悄声对床榻前的佐西马说道:"你还记得先前我曾二次折返去找你吧?当时我告诉过你请你一定记住我的那一次拜访。你知道我折返回去想干什么吗？我现在告诉你答案，我是想回去杀你的。”

由于我对佐西马长老传梗概的描写十分笨拙，因此并不能很好地表达出故事的真正味道。要想了解其中的真正奥妙，还需要读者亲自去读一读。不管怎样，我对作品中出现的这一惊悚元素是无条件地喜欢的，以至于只要提到陀思妥耶夫斯基的作品，首先浮现在我脑海里的便是这一惊悚元素。佐西马长老传中的惊悚设定由多层惊悚叠加构成，就像层层鱼鳞一般。而上述惊悚元素就像一条蛇的眼睛，在层层惊悚设定的正中央闪烁着无限光芒。换言之，这是惊悚中的惊悚。

一旦说起陀思妥耶夫斯基作品中的惊悚元素，那一定是毫无止境的。即使是瞬间浮现于脑海的也不下五六种。《罪与罚》中有一个关于杀人凶手拉斯柯尔尼科夫在熙熙攘攘的道路上突然跪地亲吻大地的场景。这一场景虽然并不能带来恐怖感，但却也是一种惊悚。《永远的丈夫》中出现的主人公竟然与想要杀死自己的另一男子同睡一室，那场景也带着几分惊悚。《卡拉马佐夫兄弟》出现的老卡拉马佐夫的长子德米特里以侮辱人的态度从其未婚妻手中接过三千卢布后，表面上虽然做出将这笔钱用到了寻欢作乐上的样子，而实际上却悄悄把其中的一半即一千五百卢布缝到了自己的衣服领子里藏了起来。德米特里当时感受到的耻辱一定超越任何杀人及盗窃行为。然而，德米特里最终又不得不将这一隐情和盘托出。事实上，关于这一场景的描写包含着深刻的心理性恐怖。而我则把它理解为一种惊悚。

若再说其他作者，安特莱夫的成名短篇小说中有一个很好的惊悚元素。我记得上田敏博士曾将其译为日文版，而我在二十多年前第一次读到的却是刊载于《斯特兰德杂志》上的英文版，至今仍留有难以磨灭的深刻印象。故事讲的是一出感情复仇剧。具体而言，一男子杀死了一女子及其情人后故意装疯卖傻以便逃脱刑罚。这男子的心思没有白费，装疯后不久便被送进了精神病医院。然而，男子在进入精神病医院后却突然意识到起初自己装疯的想法不过是幻觉，而真实的自己可能真的疯掉了。作品对男子被内心这一惊恐与疑惑所不断叩问的心理做了细致的描绘。这位男子猛然间意识到自己错误认知的一瞬间能让人感受到一种强烈的惊悚感。然而，相较这一惊悚感，作品中有关描述男子杀人动机的一个场景更令我印象深刻。这一场景发生于停车场。停车场的巨大时钟显示着具体的时刻，汽车眼看就要出发。这时的男子满头大汗，显然内心经历了一番激烈斗争，最终他鼓起勇气向自己喜欢的女孩表达了自己的爱慕之情。然而，女孩却把男子真诚的表白视为一种滑稽，听完后竟爆发出一阵狂笑。这狂笑经久不息，分明是对男子的侮辱。面对女孩这一出乎意料的反应，男子做出了什么举动呢？是怒而离去？抑或垂头拭泪？都没有，男子竟然也跟着狂笑不止。男子的这一狂笑令我终生难忘。这一狂笑最终导致男子犯下了杀人罪。我从主人公残酷至极的狂笑中感受到了一种强烈的惊悚感。这一惊悚感并不令人感到恐怖，但却像被人猛地浇了一盆冷水，带给人一种变调的震惊与悸动，其性质完全有别于鬼怪带来的恐怖。

可以说，惊悚是完全因受众的感性而定的。因此，上述惊悚对于在我之上及在我之下的感性的人来说或许并不能算作惊悚。例如，我对再小的蜘蛛都感到害怕，但对大多数人而言，蜘蛛并不能带来任何恐怖。再如，我对凹镜中的自己的面孔，对极度放大了的自身形象感到震颤不已，而凹镜对大多数人来说只不过是个有趣的玩具罢了。这些不过是具体的事例而已，更加抽象的，如心理上的恐怖则因人而异，很难从范围上做出客观的界定。我想再强调一遍的是，惊悚是有层级的，虽然低层级惊悚的价值仅在于被蔑视，但用同一原则界定高层级惊悚也是错误的。

虽然我还有许多关于惊悚的思考，但由于尚未形成有序的、完整的想法，因此暂且到此作罢。但可能有人通过阅读上述内容会认为我已经非常清楚惊悚到底为何物，那么我究竟为何起意写出了上述透彻的文字的呢？我想将其中的理由叙述如下。

理由之一在于各位年少的读者对惊悚小说存在着一种误解倾向。具体来说，他们由于不了解惊悚的真实含义，便仅从"Thriller"

这一轻蔑的称谓断定惊悚小说是通俗的作品。我经常能够看到一些年少读者在相关评论中仅把"Thrill"视为通俗之意来使用。

理由之二在于我对范·达因之流对推理小说的观点心存不满。范·达因曾表述过这样一个观点，即推理小说应当与谜性元素以外的所有文学元素保持绝缘。按照他的这一观点，惊悚也是应当与推理小说保持绝缘的元素之一。若论纯粹性，这一观点倒是异常纯粹，作为议论的话题也很惹人注目，若真的存在依此准则而创作的推理小说的话，倒也能真的如愿实现独树一帜，但若以此规范所有推理小说，恐将最终招致"推理小说的贫瘠"。

即使不追溯至范·达因，我们在日常也可看到惊悚绝缘论。以下是最近的一个例子。上个月发行的《新青年》杂志中"缩刷图书馆"专栏的开头部分刊载了一位名为"Zerurude"的女士关于推理小说的观点："毫无疑问，Thriller 有 Thriller 的圈子，但我们推理小说迷们并不在那个圈子中。我们并不追求杀人事件带来的惊悚，也与犯罪带来的刺激毫不相干。犯罪无非是解决条件之一，犯罪的解决才是最重要的。"这一观点针对的只是"Thriller"，或许并不涉及我在前文中所述的高层级惊悚，但这种试图将惊悚元素从推理小说中排除出去的"洁癖"最终只能导致推理小说这片土壤的贫瘠。与其如此，不如使推理小说的"逻辑"与犯罪文学的"心理"结为夫妻，将二者的魅力融为一体。推理小说的未来不正在于此吗？并且，即使再怎么展开这类议论,也不会产生真正与惊悚绝缘的推理小说。如果坚持"犯罪惊悚"与推理小说毫不相干的话,那就请创造出一部丝毫不含"犯罪"元素的谜案小说吧。然而,事实上无论多么纯粹的纯粹论者都无法做到完全与"犯罪"绝缘。这难道不是恰恰证明这世上的推理小说无一不以惊悚为出发点而创作吗?

[《Profile》昭和十年(1935年)12月号]

[注]战后日本"惊悚小说(Thriller)"有所抬头,相较其作为谜性及逻辑性推理小说的一面,其作为高层级推理小说的另一面更具分量。但仅就战前而言,"Thriller"几乎等同于低级推理小说的代名词。因此,本文也是针对战前的常识而写就的。

附　录

《推理类别集成》目次

　　各项之后列有相应的作品数量。作品总数为 821 部，以各项的作品数除以总数便可得出各项作品数在整体中的所占比例。

一、与犯人（或受害者）本身相关的推理设定（225部）

1.一人两角色（130部）

①罪犯假扮为受害者（47部）；②共犯假扮为受害者（4部）；③罪犯假扮为受害者之一（6部）；④罪犯与受害者同为一人（9部）；⑤罪犯假扮为要栽赃的第三者（20部）；⑥罪犯假扮为虚构的人物（18部）；⑦替身——二人一角色、双胞胎手法（19部）；⑧一人三角色、三人一角色、二人四角色（7部）。

2.一人两角色之外的意外罪犯（75部）

①侦探即罪犯（13部）；②法官、警官、典狱即犯人（16部）；③案件的发现者即罪犯（3部）；④案件的陈述者即罪犯（7部）；⑤罪犯为无犯罪能力的幼儿或老人（12部）；⑥罪犯为残疾人或罹患重病者（7部）；⑦罪犯为死尸（1部）；⑧玩偶即罪犯（1部）；⑨出乎意料的多名罪犯（2部）；⑩罪犯为动物（13部）。

3.（一人两角色之外的）罪犯的自我抹杀（14部）

①伪装为烧死（4部）；②其他死亡伪装（3部）；③易容（3部）；④消失（4部）；

4.异样的受害者（6部）

二、与犯罪现场及犯罪痕迹相关的推理设定（106部）

1.密室推理设定（83部）

①行凶时凶犯不在室内（39部）

A.室内安装有机械装置(12部);B.通过窗户或缝隙从室外杀人(13部);C.采取手段使受害者在密室内通过自己之手杀掉自己(3部);D.伪装成他杀的密室自杀(3部);E.伪装成自杀的密室他杀(2部);F.发生于室内的非人所为的凶案(6部)。

②行凶时凶犯身处室内(37部)

A.在门窗上做手脚(17部);B.伪造出作案时间延迟的效果(15部);C.通过伪装,使作案时间看似提前——密室快速杀人(2部);D.最为简单的手法——罪犯躲藏于门后(1部);E.列车密室(2部)。

③行凶时受害者不在室内(4部)

④密室脱逃(3部)

2.与足迹有关的推理设定(18部)

3.与指纹有关的推理设定(5部)

三、与犯罪时间相关的推理设定(39部)

1.与交通工具相关的时间推理设定(9部)

2.与钟表相关的时间推理设定(8部)

3.与声音相关的时间推理设定(19部)

4.利用天气、季节及其他自然现象的推理设定(3部)

四、与凶器及毒药相关的推理设定(96部)

1.与凶器相关的推理设定(58部)

①异样的利刃(10部);②异样的子弹(12部);③以电杀人(6

部）；④殴打杀人（10部）；⑤压迫杀人（3部）；⑥绞杀（3部）；⑦坠落死亡（5部）；⑧溺水死亡（2部）；⑨利用动物杀人（5部）；⑩其他奇异凶器（2部）。

2.与毒药相关的推理设定（38部）

①吞咽毒药（15部）；②注射毒药（16部）；③吸入毒药（7部）。

五、与藏匿人与物相关的推理设定（141部）

1.与死尸藏匿方法相关的推理设定（83部）

①短暂藏匿（19部）；②永久藏匿（30部）；③转移死尸后再藏匿（20部）；④无颜死尸（14部）。

2.与活人藏匿方法相关的推理设定（12部）

3.与物品藏匿方法相关的推理设定（35部）

①宝石（11部）；②金币、金块、纸币（部5）；③文件资料（10部）；④其他（9部）。

4.与死尸替身及物品调包相关的推理设定（11部）

六、其他各种推理设定（93部）

①与镜子相关的推理设定（10部）；②视觉错误（9部）；③距离错觉（1部）；④追杀与被追杀的错觉（1部）；⑤快速杀人（6部）；⑥在人群中杀人（3部）；⑦"赤发"手法（6部）；⑧与"两个房间"相关的推理设定（5部）；⑨盖然性犯罪（6部）；⑩利用职业从事的犯罪（1部）；⑪与正当防卫相关的推理设定（1部）；⑫与一事不再理相关的推理设

定(5部);⑬罪犯自身在远处目击犯罪过程的推理设定(2部);⑭童谣杀人(6部);⑮按照脚本杀人(6部);⑯死者的来信(3部);⑰迷路(4部)⑱催眠术(5部);⑲梦游病(4部);⑳记忆丧失症(6部);㉑奇异的偷盗品(2部);㉒交换杀人(1部)。

七、密码的分类(37部)

1.割符法(0部)

2.表形法(4部)

3.寓意法(11部)

4.置换法(3部)

①普通置换法(1部);②混合置换法;③插入法距离错觉(2部);④窗板法。

5.代用法(10部)

①单纯代用法(7部);②复杂代用法(3部)。

A.平面式密码法(1部);B.算尺密码法(1部);C.圆盘密码法(1部);D.自动计算设备推导的密码法。

6.媒介法(9部)

八、异样的动机(39部)

1.情感犯罪(20部)

①恋爱(1部);②复仇(3部);③优越感(3部);④劣等感(4部);⑤逃避(5部);⑥利他性犯罪(4部)。

2.利欲犯罪(7部)

①继承遗产(1部);②逃税(1部);③保身防卫(3部);④保守秘密(2部)。

3.异常心理犯罪(5部)

①杀人狂(2部);②杀人艺术(2部);③恋父情结(1部)。

4.信念犯罪(7部)

①宗教信念(1部);②思想信念(2部);③政治信念(1部);④迷信(3部)。

九、罪行暴露的线索(45部)

1.物质性线索的机智(17部)

2.心理性线索的机智(28部)